이제 나를 위해 헤어져요

이제____
나를 위해
헤 어 져 요

1호 가족법 전문 변호사의
____ 이혼사건 다이어리

조인섭 지음 ㅣ 박은선 그림

위즈덤하우스

차례...

1부... 1호 가족법 전문 변호사가 되었습니다

2부... 오늘따라 낯선 너의 얼굴

3부... 만남은 선택, 이별은 결심

프롤로그...

변호사의 꿈을 품고
고생을 한 끝에 사법고시에 합격을 했고

연수원에서 선배 변호사를 만났다.

그리고, 선배의 사무실에서
수많은 아동과 여성들의 고통을 마주했다.

미친 거 아니에요?
왜 애를 이렇게
때려요…?

부모가 범인이에요?
어떻게 되었어요?
처벌해야죠.

근데 그러면 애기는
어디로 가야 하지?

도움이 필요한
사람들이야.
그래서 내가 이렇게
일하는 거고….

인섭아. 너도 여기서
일해보지 않을래?

네…! 저도 여기서
일하고 싶어요!

그것이 내가 변호사로서
한걸음 더 내딛는 계기였다.

수많은 피해자들,
수많은 이야기들이
있었지만

하나의
공통점이 있었다.

내가 이제
어떻게 해야 되는지
모르겠어요….

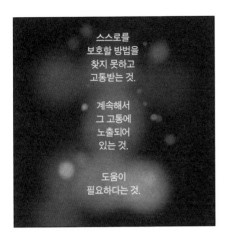

스스로를
보호할 방법을
찾지 못하고
고통받는 것.

계속해서
그 고통에
노출되어
있는 것.

도움이
필요하다는 것.

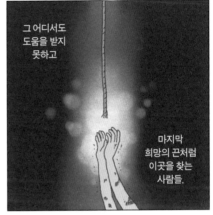

그 어디서도
도움을 받지
못하고

마지막
희망의 끈처럼
이곳을 찾는
사람들.

피해자에 대한
올바른 인식조차 없는 상황들.

그런 상황 속에서 벗어날 수 있게
도움을 주는 것이 나의 일이었다.

조금 다른 길, '이혼 전문 변호사'

연수원을 찾아온 선배가 가사, 아동 학대, 성폭력 사건을 다루는 가족법 전문 사무실이 있다고 말해줬다. 그때 처음 들었던 분야였다. 가족법을 전문적으로 취급하는 사무실이 있다는 것이 신선했고, 법조인으로서 보람을 느낄 수 있는 일이라는 생각이 들었다.

연수원이 끝났을 때 내 컴퓨터 실력은 워드를 겨우 치는 수준이라서 사진을 이력서에 넣는 고급 기술(?)은 사용할 수 없었다. 그래서 출력한 이력서에 사진을 직접 붙여 사무실로 갔다. 당시 이력서를 받아주신 사무장님이 '온 김에 면접을 보고 가라'고 여러 차례 권유하셨지만 정중히 거절했다. 사람 관계는 예의가 우선이고 예의는 말투와 옷차림의 형식으로 나타나는 것이라 생각하는데 이력서 내러 간 청바지 차림으로 면접에 들어갈 수는 없었다.

나중에 정식으로 면접을 봤지만 아쉽게도 출근 기회는 다른 변호사에게 돌아갔다. 아쉬운 마음을 달래고 있던 차에 합격한 변호사가 사정상 출근을 못하게 되면서 나에게 출근할 기회가 왔다. 면접을 완

곡히 거절하던 나의 모습을 좋게 봐주셨던 사무장님께서 대표변호사님께 나를 추천해주셨다는 사실은 나중에서야 알게 되었다. 나는 그렇게 이혼 사건을 다루는 사무실에 신입 변호사로 출근했다.

사무실에서 만난 대부분 의뢰인들은 '일생에 한 번 뿐인 내 인생의 가장 큰 사건' 앞에서 심한 스트레스를 느끼고 있었다. 이혼은 경찰서나 법원 근처에도 가지 않았을 사람들이 법정에 서게 되는 사건이다. 자신의 내밀한 혼인생활에 대해 말해야 하고, 상대방의 심한 공격에 시달리기도 한다. 그런 만큼 승소에 대한 갈망이 클 수밖에 없었다. 나는 불안해하는 의뢰인들의 마음을 진정시키는 한편 의뢰인을 위한 최선의 변론을 준비하기 위해 정해진 출근 시간보다 한 시간 반 일찍 출근했고, 야근, 주말 출근도 쉼없이 계속했다. 그 시간들은 힘든 기억보다는 의뢰인의 더 나은 새출발을 돕고 정당한 값을 받도록 최선을 다한 보람 있고 행복한 기억으로 남아 있다.

처음 맡은 사건은 사무실의 장기 미제(?)와도 같은 사건이었다. 의뢰인이 수십 개의 증거를 정리하지 않은 채 가져 왔고 본인의 혼인생활에 대해서도 메모지에 두서없이 적어온지라 어떤 사건이 어떤 시점에 어떻게 벌어졌는지 파악하기 쉽지 않았다. 특히 시동생 명의로 부동산을 구입하였기에 시동생 명의로 된 부동산을 분할 재산의 대상으로 삼아야 하는 사건이었는데 남편은 그 부동산이 원래 시동생 소유라고 주장하고 있었다. 그 사건을 위해 나는 구정 연휴에도 사무실에 나가 변론을 준비했다. 중앙난방식 사무실이라서 연휴에는 난

방이 되지 않아 난로에 의지하다 보니 차가운 공기에 기관지가 헐었던 기억도 난다. 그렇게 작성한 서면 덕분에 시동생 명의 부동산도 부부 재산분할로 인정되었다. 가사사건에서 다른 사람의 부동산이 명의신탁을 이유로 부부재산으로 포함되는 것은 극히 드문 일이었다.

특히 나는 여성 변호사가 드문 시절에 변호사가 되었기 때문에 각종 가정 폭력 상담소, 성폭력 상담소에서 법에 대해서 강의를 하고 상담도 해드렸는데, 법정에 서서 변호하는 것과는 다른 활력을 주는 활동이었다. 현장에서 일하는 분들에게 법에 대해서 알려주다 보니 법조문을 더 꼼꼼히 보게 되고 법의 문제점을 파악하게 되었다.

자연스럽게 각종 토론회, 세미나에서 나의 의견을 말할 수 있는 소중한 기회도 자주 얻을 수 있었다. 그렇게 계속 같은 분야에 몰두해 박사학위까지 취득하며 변협에서 가족법 전문 1호 변호사로 등록되었고 이혼 상속 전문 로펌의 대표가 되었으며, 로스쿨에서 가족법 강의도 하고 있다. 돌아보면 이력서를 내러 가던 신입변호사 시절이 생생히 떠오르는데 어느덧 17년차라니… 세월은 정말 쏜살같다.

1장

1호
가족법 전문 변호사가
되었습니다

한우 공방전

이곳은 평화로운 시골의 작은 법원.

그리고…

그걸 지켜보는 나…

에… 피고와 원고는 이혼을 결정하였고…

에… 그래서… 재산분할이 되어야 할 것이…

…그래서 내 재판이 시작될 때까지, 앞사람의 재판을 방청하게 되었다.

소 다섯 마리…?

세상심각

음메

예.

아니제!

소…?

판사님요!! 송아지 두 마리 더해주소! 얼마 전에 낳았습니데이!

원고석

저 썩을 놈 한 푼이라도 덜 줄라고 네~ 하는 거 보소….

21

그때, 피고의 변호사가 나섰다!!

원고 석

23

에…그렇군요.
그렇다면 브랜드한우협회에
시가에 대한

사실 조회를 보내는 것으로
일단 마무리를 짓겠습니다.

오늘은 여기까지.
다음 재판 준비하세요.

파지지

앗! 여기서
끝이라니….

아쉽게도, 그 후로는 마주치지 못해서
판결이 어떻게 났는지는 알 수 없었다.

브랜드 한우는
얼마로 되었을까?

심각

변호사 조인섭

하지만 아직도 문득문득
생각나곤 한다….

이혼을 유도하는 남편

힘들게 일하고 집에 들어오면
가장 먼저 나를 반기는 건

동그랗게 말려 있는 양말,
허물 벗듯이 벗어놓은 옷가지들….

뚜껑이 올라간 변기, 젖은 채 구겨진 수건,
치약이 잔뜩 튀어 있는 거울, 더러운 세면대.

어질러진 바닥, 과자 껍데기,
아무데나 있는 설거지거리들…

그리고 등을 돌리고 자고 있는 당신.

하지만 난 짜증내지도
화내지도 않을 거야.

그게 당신이 원하는 거라는 것을 아니까.

일부러 그러는 거죠.

…이혼 사유를 유도하려는 거예요. 제가 소리라도 지르면 녹음하려고.

…마음고생이 많으시리라 생각합니다….

혹시… 상간녀는 누군지 아시는지요?

남편은 바람을 피우고 있었고, 일부러 이혼사유를 유도하고 있었다.

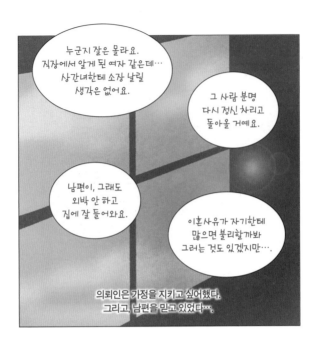

누군지 잘은 몰라요.
직장에서 알게 된 여자 같은데…
상간녀한테 소장 날릴
생각은 없어요.

그 사람 분명
다시 정신 차리고
돌아올 거예요.

남편이, 그래도
외박 안 하고
집에 잘 들어와요.

이혼사유가 자기한테
많으면 불리할까봐
그러는 것도 있겠지만….

의뢰인은 가정을 지키고 싶어했다.
그리고, 남편을 믿고 있었다….

저는 아직
희망이 많이 있다고
생각해요.

네….

변호사님,
제 말이 맞죠?
아직 희망이 있는 거죠?
그렇죠?

네, 반드시
희망은 있고요.

…만약 없다고 해도
만들어내야지요.

남편이랑은 고등학교 때부터 친구였어요.

그때부터 저한테 엄청 들이댔었죠. 하하…
나랑 같은 대학 가겠다고 공부도 엄청 하고….

티격태격하면서 같이 학교 다니고….

꾀죄죄한 몰골로
갑자기 집 앞에 찾아왔더라고요.

29

자 이거 받아.

흠, 흠…
야, 약속 지켰다!

와아아….

어… 얼른 껴 봐!
이쁘네!! 흠.

나중에 알았는데 그때 한 달인가
막노동을 했었대요. 나 반지 사주겠다고….

나 영장 나왔어.
빡빡이 됐다 ㅋ
못생겼냐…?

…반지 끼고
잘 기다리고 있어!!
고무신 거꾸로
신지 말고!!

…그때 군대에서 주고받은 편지가,
세 박스는 되려나…?

아직도 집에 있어요. 가끔 꺼내 보기도 했는데
요즘은 바쁘다고 잊어버리고 있었네요….

그간의 추억을 이야기하며, 의뢰인은 눈물을 흘렸다.

…그랬었는데… 그랬던 추억들이 아직도 생생한데… 그랬던 사람인데….

어떻게… 저에게 이런 말들을 할 수 있을까요….

의뢰인이 남편으로부터 받은 이혼 소장에는
의뢰인의 단점들이 부풀려져 잔뜩 적혀 있었다…
마음의 상처로 남을 만한 그런 말들이.

어느덧 이혼 재판일.

이혼 재판을 시작하도록 하겠습니다.

의뢰인의 남편은 아주 차가웠다.

……

아내가 옆에 앉아 있었지만,
한 번도 쳐다보지 않았다.

남편의 변호사는 소장에 적혀 있는
내용들에 더욱 과장을 더해 이혼을 주장했다.

아이에게 밥도
제대로 차려주지 않는
엄마를 둔 아이에게
미안해서라도 이혼을….

회사 일이
바쁘다는 핑계로
엄마로서의 의무도
져버린…

남편에게도
소리지르기가
일쑤였으며….

이런 상황을 미리 예상하고 마음의 준비를 했지만,

부들부들

막상 현실이 되자 의뢰인은 많이 힘들어했다.

…잘 들었습니다.
그런데…

그런 것들이
이혼 사유까지
되나요…?

…하지만 누가 들어도 이혼을 하고 싶어서
과장하여 우기는 말뿐이었다.

상대편 변호사
변론하세요.

네.

남편 측의 주장이 과장이 심하다는 것을
지적하고 바로잡는 변론을 하기는
어렵지 않을지도 모른다.

아마 남편도, 우리 측에서
자신의 주장을 반박하는 변론을 할 것이라고
예상하고 있을 것이다.

아내 측에서 어떻게든 외도의 증거를
충분히 모을 수도 있었을 것이고….

변론을
시작하겠습니다.
그런데,

제 의뢰인의 부탁으로,
날카로운 변론 대신

긴 이야기를
해보고자
합니다.

하지만 의뢰인과 나는, 다른 것을 준비했다.

제 의뢰인과,
남편분은
고등학교 때부터
친구였습니다.

어리고 순수했던
시절부터 지금까지…
긴 세월을 함께해
왔습니다.

수십 년간
서로에게 쌓인 추억들은,
그 무엇과도 바꿀 수 없는
귀중한 것이겠지요.

함께 대학교를 다니고,
군대에 갔을 땐
고무신이 되어
편지를 주고 받으며
기다리도 했고요.

의뢰인에게
가장 기억에 남는 순간이
언제였냐고 물으니,

기쁘고 행복했던
시간들도 기억에
많이 남지만

아버지께서
아프셨을 때…
모든 일을 다 취소하고
곁에 있어주었을
때라고 합니다….

그 당시 남자친구였던
남편은 사회 초년생이어서
그러기 힘들었을 텐데
말이죠….

갑자기 쓰러지신 아버지를
수술실로 들여보내고 황망하게 앉아 있을 때…

허겁지겁 뛰어오던 당신의 모습이
아직도 선명하네요….

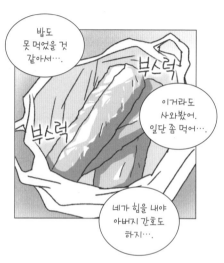

언제나 나부터 챙겼던 당신의 모습.
언제나 곁에 있어주었던 당신의 모습.

가끔은 나보다 나를 더 잘 알던 당신의 모습….

결혼하던 날, 첫 아이를 낳았던 날,

처음으로 내 집 마련을 했던 날도…
당신은 늘 나부터 챙겼었는데.

어느 순간부터 나는 당신의 그 사랑을
당연한 것으로 생각한 것은 아닐까….

당신도 힘들고 기대고 싶을 때가 있었을 텐데

한 번도 물어봐주지 않았던 것은 아닌지….

남편분은 그 재판 후에, 이혼소송을 취하했다.

더 이상의 재판은 열리지 않았고,
나의 변호도 끝이 났다.

그러나, 남편은 내연녀와의 관계를
단번에 끊지 못하고 지지부진하다
몇년 후 다시 아내에게
이혼 소송을 걸었는데,

재판일에 법원에 불출석하고,
변호사도 선임하지 않는 등…
이혼에 대한 의지가
불분명한 모습을 보였다.

나의 의뢰인은 끝까지,
가정을 지킬 것이라고 하며
이혼에 응하지 않을 것이라고 했다.

부디 어려움을 이겨내시고…
행복하시기를 간절히 기도해 본다.

아이를 키울 돈

나는 석사학위 논문을
양육비에 관하여 썼다.

과거에는 이혼 후
상대방이 양육비를 주지 않으면
받아내기가 정말 힘들었다.

그래서 당시 양육비에 관한
가사소송법 개정이 이루어지기도 하는 등
양육비는 세간의 뜨거운 관심사였다.

이혼 후
양육비를
지급하지
않는….

양육비에 관한
가사소송법 개정

안녕하세요
변호사님….

네 안녕하세요!
어서 들어오세요.
날씨가 너무 좋네요!

내가 초임 변호사 시절,
한 여성이 변호사 사무실을 찾아왔다.

에구~
아기가 참
예쁘네요.

아하하~
감사합니다~
큰애도 있는데,
잠깐 맡기고 왔어요.
얘는 너무 젖먹이라서
업고 왔네요….

저, 다름 아니라…
제가 이혼을 하고
애 둘을 키우는데,
남편이 양육비를
안 줘서 왔어요….

아, 그러시군요.
많이 힘드시겠어요….

네, 단 한 번도
안 보내줘서
양육비 주라고
요구하니…

정말 미안해.
나 하던 일이
쫄딱 망해서….

사업하던 게
잘 안 된 거야?

지금 개인회생
신청까지 했어.
나도 죽겠어….

내가 돈 생기면
바로 보내줄게.
지금 끊어야 돼.
미안해!

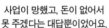

사업이 망했고, 돈이 없어서
못 주겠다는 대답뿐이었어요.

아이고…
그러시군요.

그 말을 믿고
지내왔는데,
얼마 전 아는 분이
저한테 충격적인 말을
전해주셨어요.

민지 엄마, 민지 엄마! 전남편이 양육비 계속 못 보내준다 그랬지?

네 아주머니. 사업이 망했대요….

전남편 새 마누라가 손톱만큼 큰 다이아 반지 끼고 다니고 있대.

그 여자 앞으로 아파트도 몇 채나 있고!

전남편 사업이 망한 게 아닌 거 같으니까 한 번 알아봐!

그런데 생각해보니, 전남편은 전에 종종 제 앞으로 자기 재산을 돌려놓곤 했어요.

지금도 그 여자 앞으로 재산 돌려놓고 자기는 돈 없다고 하는 거 같아요.

근데 제가 무슨 수로 그걸 밝혀내겠어요….

그래서 여기로 찾아왔어요.

정말 잘하셨어요. 제가 확실히 알아볼게요.

내가 한 달에
삼백만 원씩
꼭 보내줄게.

아이 둘 키우면서
부족하지 않게끔
지원할게.

삼백만 원!

내가
약속할게!

그 말을 믿고 이혼했는데,
백 원 한 푼 못 받은 거예요….

저는 굶어도 괜찮은데,
애들한테 너무 미안해요.
아픈 거 치료도 제대로 못 해주고….

…제가 최대한으로
노력해볼게요.
양육비 꼭 받게
해드릴게요.

네, 감사합니다…
흑흑흑….

정말로
개인회생 신청이
되어 있네.

재산도
하나도 없고….

서류상으로 전남편은 정말로 빈털털이였다.

그래, 그럼
교도소
문 앞에서도

과연
돈 없다고
하시려나.

나는 이행명령신청서를 쓰기 시작했다.

이게 뭐야?
이행명령신청?
양육비 내라는
거구만….

돈 없다~
에라~
나도 몰라~

남편분께
혹시 연락이
왔나요?

아뇨… 역시
양육비 받기
힘든 걸까요…?

재판 들어가면
아마 태도가
바뀔 거예요.

아아
그런가요?

이행명령이란 양육비 판결 결과를 이행하라는
소송인데, 그 자체로는 큰 의미가 없었다.

피고는 원고에게 양육비로 월 삼백만 원씩 지급하겠다고 약속했지만, 단 한 번도 약속을 지키지 않았고

이행명령신청을 받고서도 양육비를 전혀 지급하지 않았습니다.

저도 양육비 주고 싶죠. 근데 진짜 돈이 없어요!!

정말로 돈이 없으신가요?

땡전 한 푼 없습니다!!

…알겠습니다. 그렇다면 감치신청 하겠습니다.

감치신청이요? 그게 뭡니까?

한 달 동안 구치소나 유치장에 감치될 수 있다는 겁니다.

예?! 아니 그런 게 어딨어요!?

이행명령을 지키지 않았을 경우, 감치신청이 가능합니다.

아, 아니….

태도가 바뀐 전남편은,
그 후로 양육비를 지급하기 시작했다.

개인회생신청을 한 상황이라서,
약속했던 삼백만 원보다는 적은 이백만 원을 보내왔다.

나는 의뢰인이 약속했던 삼백만 원을
받지 못하는 것에 대해 미안한 마음이 들었지만,
의뢰인은 감사 선물까지 보내주셨다.

그 당시만 하더라도 이혼 이후
양육비를 못 받으면 본인이 스스로
변호사를 선임하여 어렵게 받아야만 했다.

그러나 이후 2014년에 양육비이행확보 및
지원에 관한 법률이 제정되었고,

2015년에 양육비이행관리원이 개원하여
지금은 양육비이행관리원에 소속된 변호사들이
소송구조를 통해 양육비 받는 것을 도와주고 있다.

하지만 여전히 이혼 이후
양육비를 안 주고자 하는 사람을 상대로 소송하여
양육비를 받는 것은 쉽지 않은 일이다.

알수록 쓸모 있는 생활 가족법 상식

Q. 감치신청이 뭔가요?

A. 양육비를 지급하지 않는 경우, 상대방 명의로 재산이 있으면 강제집행을 해서 받아내면 되지만, 상대방이 돈은 벌고 있으나 본인 명의로 재산이 없는 경우 등 악의적으로 양육비를 지급하지 않는 경우에는 감치신청을 할 수 있습니다. 감치신청은, 유치장 또는 구치소에 감치, 즉 '갇히는 것'입니다. 구속과 같은 의미인 거죠. 30일 이내에 감치가 가능한데요. 감치가 된다고 하더라도 전과로 남게 되지는 않습니다. 하지만 유치장이나 구치소에 갇히는 것은 '구속되는 것'과 마찬가지이므로 매우 큰 공포심을 줍니다. 뭐, '양육비를 지급하지 않고 차라리 몸으로 떼우겠다'고 생각하는 사람도 있을 수 있겠지만, 양육비 미지급으로 인한 감치는 계속 청구가 가능하므로, 한번만 들어갔다가 나오면 양육비 문제가 해결되는 것은 아닙니다.

방치된 아이

이혼 후 초반엔 몇 번 만나게 해주더니,
그 후로는 아이를 만나게 해주지 않았어요.

연락두절에, 찾아가도 늘 집이 비어 있고…

참다 못한 저는 아이의 학교를
수소문해서 찾아갔어요.

이번에 초등학교에 들어갔거든요.

아이를 만나고 너무 충격을 받았습니다…
지저분한 옷차림에 꾀죄죄한 얼굴….

먼저 저를 불러주지 않았다면
못 알아보고 지나쳤을지도 몰라요….

아이는 먹을 것부터 찾았어요….

엄마!! 이렇게 맛있는 건 세상에서 처음 먹어봐!!

그래? 많이 먹어. 여기 또 있어. 천천히 먹어….

아이는 길바닥에 서서 허겁지겁 빵을 먹었어요….

엄마! 나 너무 힘들고 배고팠어….

할머니가 매일 계란후라이밖에 안 해줘….

아빠는 잘 와보지도 않아….

순식간에 빵을 다 먹더니… 아이는 울면서 말했습니다.

뭐, 뭐라고…? 계란후라이밖에 안 줬어…?

가끔은 밥 안 먹고 그냥 잤어….

엄마!! 엄마랑 살래!! 엉엉엉!!!

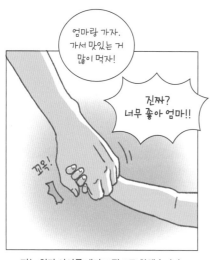

엄마랑 가자. 가서 맛있는 거 많이 먹자!

진짜? 너무 좋아 엄마!!

꼬옥!

저는 일단 아이를 데리고 집으로 향했습니다.

엄마~! 너무 좋아~! 엄마랑 계속 살고 싶어!

그래? 이제 엄마랑 살자!

먹이고, 씻기고, 손 발톱도 깎아주고,
새 옷으로 갈아 입혔어요.

애아빠한테 연락을 했어요.

오늘 학교로 가서
예주 데려왔어요
아이꼴이말이아니더군요
어떻게이럴수가있나요
앞으론내가키우겠어요

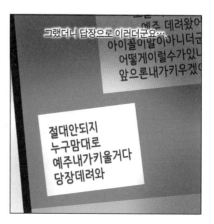

예주 데려왔어
그랬더니 답장으로 이러더군요... 아이꼴이말이아니더군
어떻게이럴수가있
앞으론내가키우겠

절대안되지
누구맘대로
예주내가키울거다
당장데려와

변호사님, 어떡하면 좋을지요? 내 딸 절대 보낼 수 없어요. 제가 키우게 도와주세요… 흑흑….

친권양육권 변경청구소송을 제기하고 사전처분도 같이 접수를 할 수 있어요.

네, 그렇게 해주세요 변호사님….

많이 힘드시죠, 일단 지금 당장 할 수 있는 것으로는….

야!!! 빨리 우리 딸 내놔!!! 경찰 부르기 전에!!

덜컹덜컹

그러나 일은 쉽사리 풀리지 않았다. 아이 아버지가 집 앞에 진을 친 것이다.

제대로 돌보지도 않을 거면서 왜 데려가!!! 내가 키울 거야!!

누가 제대로 안 돌봐? 울 엄마가 애지중지 키웠어!

애지중지!? 어디서 거짓말을 하고 있어?! 애가 얼마나 힘들어 보였는데?!

그래도 다른 놈 손에 크는 것보단 낫지!!!!

어쨌거나 양육권은 법적으로 아빠에게 있었기에….

아이는 다시 아빠 쪽으로 가게 되었다….

아이는 배고픔을
호소했으며…
엄마랑 살고 싶다고…

그렇게, 친권양육권 변경청구소송에
총력을 기울이게 되었다.

소송을 진행하면서 아이도
법원의 심리검사 등을 받았는데,

아빠와 식구들의 압력이 심했는지
늘 표정이 어두웠다….

이유는, 현재의 상황을 바꿀 만한 이유가
없다는 것이었다….

재판 결과
예주는 아빠가 계속 양육하지만

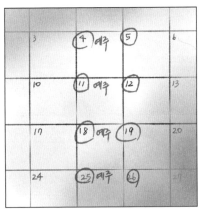

주1회 1박2일 면접권을
받아낼 수 있었다.

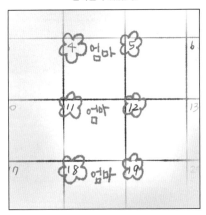

통상적으로 면접은 2주에 한 번인데,
1주에 한 번으로 받아낸 것이다.

그래서 예주는 일주일에 한 번씩 엄마와 만나서

그렇게 몇 년이 지나자

어느 순간부터 예주는 거의
엄마의 집에서 지내게 되었다.

그렇게 의뢰인은
전남편과도 원만하게 합의하여
딸과 함께 지낼 수 있게 되었다.

알수록 쓸모 있는 생활 가족법 상식

Q. 초등학생 아이가 전남편의 집에서 학대받고 있는 것 같아요.
아이의 진술 외에 증명할 방법이 있을까요?

A. 아동학대 사건의 대처에서 가장 중요한 것은, '전문기관'에 먼저 연락을 하고 도움을 구하는 것입니다. 아이의 말을 녹음해서 증거로 하겠다고 하면서 아이에게 같은 말을 계속 반복시키는 것은 '진술을 오염'시킬 우려가 있어서 해서는 안 되는 방법입니다. 나이가 어린 아동일수록 반복 진술을 하면 아이의 기억이 왜곡되어서 이후 증거로 사용할 수 없게 되기 때문입니다. 그러니 아이가 신체적인 학대를 받고 있다면, 사진 등을 찍어 놓고 아동보호전문기관에 연락하여 도움을 청하는 것도 좋은 방법입니다. 그리고 아이를 당연히 병원에 데리고 가야 할 텐데요. 병원에 가서 치료를 받게 한 다음 진단서도 발급받아두는 것이 좋습니다. 의사는 아이가 학대를 당한다는 의심이 들면 경찰 등 수사기관에 신고하게 되어 있으니 자연스럽게 수사가 개시될 수 있습니다. 한편, 정서적인 학대라면 아이의 심리평가를 받아보는 방법도 있습니다. 가장 중요한 것은, 전문 기관에 먼저 연락을 하는 것입니다.

이혼하며 자녀를 위해 할 수 있는 것들

이혼 사건을 다루는 법정에서는 미성년 자녀들을 '사건 본인'으로 표현한다. 자녀들은 원고나 피고는 아니지만 사건과 직접적으로 관련 있는 당사자라는 의미이다. 그러나 그렇게 중요한 당사자임에도 불구하고 자녀들은 이혼 소송에서 소외되거나 상처를 많이 받는다.

내가 본 많은 이혼 사건의 자녀들은 부모가 느끼는 배신감과 분노를 고스란히 느끼고 있었다. 둘째 아이를 임신해 만삭이 된 부인이 불륜을 저지른 남편과 이혼 소송을 치른 사건이 있었다. 둘째 아이는 태어나면서부터 부모의 불화를 느꼈고 부모는 분노에 휩싸여 신경을 쓸 여력이 없었다. 부모가 정신을 차리고 보니 둘째는 자폐경계성향 판정을 받고 있었다. 이렇게 자폐 성향을 보이는 아이, 손가락을 물어뜯어 피가 날 지경에 이른 아이, 우울증을 겪는 아이…, 모두 열거하기 힘들 정도로 다른 모습으로 자녀들은 병들어가고 있었다.

분노에 휩쓸리면 양육권조차도 경쟁의 대상이 되었다. 서로 본인들이 키우려고 하지만 결국 '자녀들'보다는 이기적인 욕심, 혹은 상대방에게 절대 지고 싶지 않다는 생각이 앞서는 사람들을 종종 봤다. 그럴 때는 주위의 걱정 어린 조언도, 상담도 귀에 들어오지 않는다. 그렇게 분노만 키운 끝에 이혼하게 되면, 자녀들은 이혼 이후에도 상처를 받는다. 부부 관계는 이혼으로 끝났을지 몰라도, 자녀들은 부모와의 면접교섭으로 인연을 이어나가기 때문이다. 그 과정에서 서로에 대한 악의가 앙금으로 남아 자녀들에게 고스란히 투영된다. 면접교섭 시간에 10분이라도 늦으면 상대방 부모에게 전화해 옆에 있는 아이에게 들릴 정도로 큰 소리로 험한 욕설을 윽박지르는 부모도 있었고, 자녀들이 친구들과 놀러 가기 위해 면접 일정을 변경하자고 해도 '이건 대통령이 정해준 권리니 면접을 안 하면 엄마가 감옥에 간다'고 아이를 협박해서 면접을 하는 부모도 있었다. 과연 그것이 자녀들을 위한 면접교섭이었을까. 아니면 전혼 배우자를 괴롭히기 위한 수단이었을까. 그 속마음을 알 수는 없지만 그 사이에서 아이들은 부모의 눈치를 살피고 있었다. 상대방에 대한 감정을 배제하고 자녀를 보면, 한없이 사랑스러운 아이일 텐데, 상대방에 대한 분노 때문에 상처를 줘야 할까.

부모가 이혼을 하자 오히려 정서적 안정을 찾아가는 아이도 있었다. 극심한 가정 폭력 사건이었는데, 5살 자녀는 원인불명의 혈뇨가 멈추지 않고 있었다. 이 아이는 이혼을 진행하며 엄마가 가정 폭력에서 벗어나고 정서적 안정을 찾아가자 함께 좋아졌다. 엄마가 이혼의 바쁘고 정신없는 와중에도 아이의 정서적 안정에 관심을 기울인 덕분이었다.

어떤 상황에서도 아이들은 잘못이 없다는 사실만은 확실하다. 아이를 위한다면 먼저 아이들 앞에서만큼은 상대방에 대한 감정을 걷어내야 한다. 그렇게 사랑스러운 그 아이는 이혼 상대방의 자녀이기도 하다. 자녀 앞에서 상대방을 비난한다면, 아이에게 '너는 이런 사람의 아이야'라고 이야기하는 것과 같다. 아이는 부모의 모든 말을 자신에게 돌리곤 하기 때문이다. 아이에게 스스로를 사랑할 수 마음을 주고 싶다면 분노가 치밀더라도 아이 앞에서 상대방을 비난해서는 안 된다.

그리고 면접교섭을 통해 아이들이 부모님의 얼굴을 잊지 않도록, 또 기억을 계속 쌓아나갈 수 있도록 해야 한다. 간혹 자녀들의 나이가 어린 경우 상대방을 잊어버리게 하는 게 좋지 않냐는 이야기를 하기도 한다. 하지만 어릴 때는 문제가 없는 것 같아도 '아빠가(혹은 엄마가) 나를 버려서 보러 오지 않았구나'라는 생각을 가지고 사춘기가 되면 걷잡을 수 없는 방향으로 혼란을 겪는 아이들이 많다.

둘의 관계를 떠나 생각해보면 소중한 나의 자녀들이다.

이혼을 할 때 하더라도, 부디 자녀들은 상처받지 않게, 적어도 상처를 최소화할 수 있기를…….

그게 무슨 상관이죠?

원고는 결혼 후 긴 시간동안 남편인 피고에게 가정 폭력을 당해왔습니다.

언어 폭력으로 XX, XX,등 욕설을 하고 물건을 던지거나 뺨을 때리는 물리적 폭력 또한 가하였습니다.

사실인가요?

아닙니다. 판사님!!

판사님! 제가 S대 법대를 나왔습니다. 우리 의뢰인은 S대 의대를 나왔고요.

S대 의대를 나온 사람이
가정 폭력을 할 리가
없습니다!!!

두둥

그게 무슨
상관이지?

*거짓말 같지만 실화입니다.

강약약강

기운 좀
차려 봐···.

아니.
박변, 최변
왜 그래?
무슨 일 있어?

신입 변호사들

법정에서···
상대편 변호사가
소리를 막 지르면서
난리치고 막말을 하더래요.
그래서 놀래가지고···.

뭐야···?!

뭐라고 그랬는데!

누가 봐도 그쪽이
지는 상황이었어요.
자기한테 불리하게
돌아가서 그랬는지
갑자기 막말을
하는 거예요.

웃기고 있네.
정도껏 하세요!
거짓 변론으로
법정을 기만하고

의뢰인을
우롱하는
변호사구만!!

버럭

상황이 불리하게 돌아가니
상대 변호사한테 막말을 해서라도
의뢰인에게 쎄 보이려고
그런 것 같…

헉…
대표님…?

다음
재판은

내가
나가도록
하지요….

고오오

오오오

대표님
극대노
하셨다….

머,
멋있어…!

여기까지
마무리
하겠습니다.

다음 재판
준비해주세요.

그 변호사는 끝까지 매우 예의발랐다고 한다….

가정 폭력, 그리고 경찰

2, 3년차 초임 변호사 시절에,
가정 폭력과 관련하여 국가배상 사건을
진행한 적이 있었다.

지금도 눈에 선하게 생각나는 그 날.

억울하고 화가 나서
잠을 잘 수가 없습니다.

그런데 제가
너무 힘이 없어요.
도와주십시오….

경찰에 신고해도 외면하는데!!
어디다 말해야 되나요!! 어흐흑!!

무슨 일이신가요?
진정하시고… 천천히
말씀해 보세요….

제 여동생이…
여동생이…!!

소송을 의뢰한 사람은 피해자의 오빠였다.

의뢰인에게는 아끼는 여동생이 한 명 있었다.
남매는 서로 아끼고 의지하며 살아왔다.

여동생은 재혼한 남편과 살고 있었고,
전남편과의 사이에 아이가 한 명 있었다.

그런데
새로 만난 남편은

술만 먹으면
가정 폭력을 일삼았다.

그럴 때마다 여동생은 경찰에 신고하거나,
오빠에게 도망쳐 와서 오빠가 경찰에
신고를 하기도 했다.

신고를 받은 경찰이 도착하면,
상황을 열심히 설명했다.

그러나 경찰은 이렇게 말했다.

그렇게, 여러 번의 신고에도 피해자는
법의 보호를 받을 수 없었다.

그렇지만
죽이겠다고
자꾸 소리지르고….

아줌마,
집안 문제로
자꾸 경찰
부르지 마세요!

남편의 폭력은 점점 심해져서
흉기를 휘두르기까지 해서,

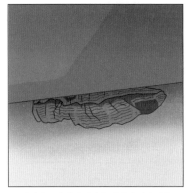

피해자는 남편이 귀가할 시간이 되면 칼을
신문지에 돌돌 말아 장롱 밑에 숨기기도 했다.

그러던 어느 날,
피해자는 남편의 갑작스러운 귀가와 폭력에

하악!
하악!

하악!

아이와 급하게 몸만 도망쳐 나왔고

다음날 오전, 남편이 출근하여
나갈 시간까지 기다렸다가

필요한 물건을 가지러 집에 들어갔다.

그런데, 전날 새벽까지 술을 마신 남편은
출근도 하지 않고 여전히 술에 취한 채
집에 있었고

남편은 미처 숨겨놓지 못한 칼을 쥐고
폭력을 행사했다.

그리고 피해자는 그렇게,

남편의 칼에 찔려 사망하고 말았다.

아이 역시 아빠가 휘두른 칼에 상처를 입었으나,
다행히 목숨을 건졌다.

피해자의 오빠는 더 이상 경찰을
신뢰할 수 없었다.

그리고, 경찰과 국가를 상대로
싸우자고 마음을 먹게 되었다.

그것이
국가를 상대로 한
손해배상 청구가
시작되는 순간이었다.

그렇게, 나와 우리 사무실의 변호사들은
소송을 준비했다.

그 당시에도 가정폭력범죄의
처벌 등에 관한 특례법이 있었다.
나는 몇 번이고 그 조항들을 들여다보았다.

그 법 제5조에는 (가정 폭력범죄에 대한 응급조
치)라는 제목으로 다음과 같은 내용들이 있었다.

1. 폭력행위의 제지, 행위자·피해자의
   분리 및 범죄수사.
2. 피해자의 가정 폭력관련상담소
   또는 보호시설 인도.
3. 긴급치료가 필요한 피해자의 의료기관 인도.
4. 폭력행위의 재발시 제8조의 규정에 의하여
   임시조치를 신청할 수 있음을 통보.

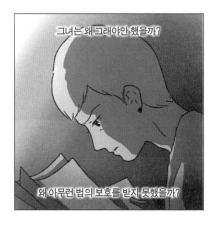

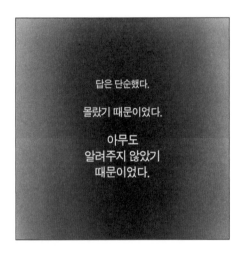

답은 단순했다.

몰랐기 때문이었다.

아무도
알려주지 않았기
때문이었다.

법률상으로, 가정 폭력 신고로 경찰이 출동하면
피해자에게 이같이 통보해야 한다.

남편의
폭력이
두려우면

접근 금지를
신청할 수
있습니다.

그러나 당시 경찰은 여러 번의 출동을 하고도
그런 내용을 알려주지 않았다.

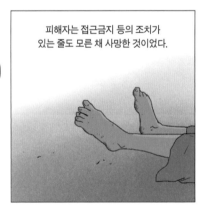

피해자는 접근금지 등의 조치가
있는 줄도 모른 채 사망한 것이었다.

피해자는 반복적인 남편의 가정 폭력을 여러 번 신고했음에도 보호받지 못한 채 결국 사망했습니다.

경찰이 출동했을 때 접근금지 등의 조치가 있다고 말을 해줬더라면 이같은 참사는 일어나지 않았을 것입니다.

드디어 재판일. 재판장에는 나와 여성 단체에서 오신 분들이 힘을 모았다.

우리도 답답합니다. 법적으로 그렇게 써있기는 해도…

우리가 당장 현장에서 그걸 바로 실행할 권한까지는 없단 말입니다.

우리도 힘이 없어요!

경찰이라고 다 할 수 있는 게 아니라고요!

경찰도 경찰 나름의 입장이 있었다.

권한을 떠나, 초기 대응 부재라고 생각합니다.

특례법을 보면, 경찰관이 어떻게 해야 하는지 나와 있습니다.

이같은 조치를 "취할 수 있다"가 아니라, "취하여야 한다"고 되어 있습니다.

진행중인 가정폭력범죄에 대해
신고를 받은 사법경찰관리는
즉시 현장에 임하여
다음 각호의 조치를 취하여야 한다.

1 폭력행위의 제지, 행위자·피해자의
   가정폭력관련상담소 또는 보
   필요한 피해자의 의료기관
   재발시 제8조

피해자를 분리하고, 병원에서 치료를 받게 하고, 보호시설로 인도하고, 접근금지에 대한 안내를 하라는 내용입니다.

즉, 선택 사항이 아니라, 의무 사항 이라는 겁니다.

경찰은 의무 사항을 실행하지 않았습니다!

77

재판은 오랜 기간 동안 여러 번 이루어졌다.

피해자의 오빠까지 법정에 증인으로 나와
당시 상황을 증언했다.

많은 사람들이 오랫동안 힘겨운 싸움을 이어갔다.

그리고, 긴 기다림 끝에 받은 재판 결과는…

패소였다.

법문상 의무 사항으로 규정되어 있는 듯한
문구이기는 하나,

의무 사항은 아니라는 애매한 판결로 말이다…

십수년 전, 그 소송은 그렇게
패소로 결말이 났었다.

아무런 보상도 받을 수 없었다.

많은 세월이 흐른 지금,
상황은 점점 나아지는 중이고 현재는 예전보다
접근금지 등의 임시조치가 많이 활용되고,
가해자에 대한 처벌도 더 강해졌다.

하지만 문득, 과거의 그 사건이 생각날 때면
밤거리를 헤맸을 피해자의 발걸음이 떠올라
아직도 마음이 먹먹해지곤 한다.

의사 남편의 비밀

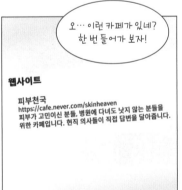

웹사이트

피부천국
https://cafe.never.com/skinheaven
피부가 고민이신 분들, 병원에 다녀도 낫지 않는 분들을
위한 카페입니다. 현직 의사들이 직접 답변을 달아줍니다.

이십 대 후반이 되자 난데없이 여드름이
나기 시작했어요. 저를 너무 힘들게 했죠.

그렇게 저는 카페에 가입하게 되었고,

제 증상을 올리자 한 의사분이
친절하게 답변을 달아주셨어요.

카페에서 일러준 대로 했더니
정말 피부가 많이 개선이 되었고

주변에서 물어볼 정도였죠.

피부과전문의 박종헌

수현씨~안녕하세요.
피부 많이 좋아지셨다니 다행이예요.
괜찮으시다면 내일 잠깐 뵐 수 있을까요?

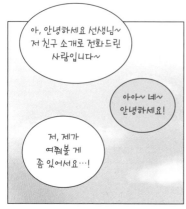

그래서 저는 수소문을 해서, 그 사람과
같은 의대를 다녔던 의사를 알아냈어요.

박종헌…
피부과 전문의…
여기 뜨네….

내가 괜히
의심을 했네….

괜한 의심을 한 것 같아 그 사람에게 미안했어요.

우리는 몇 달간 연애하다가, 결혼식을 올렸어요.

신랑은
검은 머리 파뿌리 되도록
신부를 사랑하겠습니까?

네!!!

그렇게
계속 행복하게
살아갈 거라
생각했는데…

제가 이곳에
오게 되다니…
어흐흑….

많이
힘드시죠….

저 이제
어쩌면
좋아요!!

이상하게도 그는 결혼 후에도
자신이 일하는 병원에 절 데려가질 않았어요.

궁금했던 저는 병원에 말없이 찾아갔죠.

저는 환자인 척 접수를 하고 기다렸죠.

그런데, 진료실엔 다른 사람이 앉아 있었어요.

누… 누구세요…?

네?

알고 보니, 남편은 그와 동명이인이었고, 그사람을 사칭해 의사 행세를 하고 다녔던 거예요….

대학시절 이야기, 축제 이야기 등… 모든 이야기들은 그 사람의 이야기였어요….

인터넷에서 확인했을 때 사진은 없었나요…?

있었는데… 짧은 머리에 스타일이 비슷해서… 살만 좀 빠졌다고 생각했어요….

이런 경우는 모든 것을 다 속이고 결혼했기 때문에…

이혼이 아니라 혼인취소소송을 하게 됩니다.

네…으흑… 그렇게 할게요…흑….

불리한 변론을 하는 변호사

재판 당일.

술도 마시지 않았지요?

네.

피고는 피해자가 길을 건너는 것도 보고 있었지요?

네.

뭐지… 왜 피고에게 불리한 변론을…

??

그런데 피고는 마치 뭔가에 씌인 것처럼 피해자를 치고 말았지요?

네.

정말 귀신에 씌인 것 같았지요?

네.

뭐라고 하려고 저러지??

재판장님. 피고는 **귀신에 씌여서** 본 교통사고를 낸 것이랍니다….

하아… 이해 좀…

천연덕

이걸 어떻게 하겠습니까….

피고는 깊이 반성하고 있습니다. 어떻게 할 수 없는 상황이었으니 최대한의 선처를 해주십시오.

제발 그만해… 이상한 변론 그만해…

이, 이것이 법의 세계…?!

절레 절레

어른의 잘못과 아이의 상처

내가 처음 변호사를 시작했을 때
아동성폭력이 생소한 개념이었다.

그래서 아동 성폭력에 대한 제도도 많지 않았다.

그러던 어느 날, 도움을 청해 오는 분이 있었다.

다섯 살 먹은 여자아이가 성폭력 피해를 당했어요….

아이고 저런…!!

아이가 너무 고통을 받고 있어요.

수사 과정이 아이에게 너무 힘든 방법들이에요.

수사 과정이 어땠는지요?

그 아저씨가… 놀이터에 있었고…

모르는 사람이고요….

피해 내용 진술하는걸 녹화를 해야 한다고… 애를 카메라 앞에 세워놓고 피해 과정을 말하게 했어요.

아…녹화가 안 됐네. 왜 이래?

그거 또 안 돼?

저도 카메라는 잘 몰라서….

이렇게 하고 다시 해봐.

근데 그게 녹화가 제대로 안 된 거예요.

그래서 결국 애가 몇 번이나
피해 사실을 말해야 했던 거죠.

결국 피해아동은 몇 번씩이나
성폭력 피해 사실을 말해야 했고,

부적절한 질문들도 받았다.

피해아동은
수사 과정에서
녹화를 여러 번
하느라고

피해 사실을
반복해서
진술해야 했고,

그로 인해
정신적 고통을
받았습니다.
이 부분에 대하여
배상을 청구합니다.

그렇게 국가배상청구소송이 진행되고,
재판이 열렸다.

저희도
녹화하는 게
좋아서 한 게
아닙니다.

법이 그렇게
되어 있어서
어쩔 수 없이….

그 법이
있는 이유는,
진술을 여러 번
하지 않게 하기
위해서입니다.

아동들은
진술을 하면서
당시 경험을
생생하게 떠올리기에
재경험을 하는 것과
마찬가지로
보고 있어요.

그걸
막기 위해서
한 번 말할 때
녹화를 해두는
것이고요.

그런데 오히려
녹화 때문에 반복진술을
해야 하다니요. 법의 취지에
완전히 반대되는
것이지요.

성폭력 피해자는
평생토록 그 상처를
안고 살아갑니다.
수사기관이 그 상처를
더욱 아프게 만들어서는
안 될 것입니다.

의뢰인은 국가배상을 받게 되었고,
그렇게 그 소송은 마무리되었다.

그리고 몇 년 뒤, 나는 대한변호사협회의
인권위원으로 활동하고 있었다.

그런데 그때,
많은 사람들을 분노하게 한 사건이 일어났다.

한 어린 여자아이가 너무도 잔인하게
성폭력 피해를 입은 것이다.

대한변호사협회는 그 사건에 대해
진상조사를 진행했고, 회의가 열렸다.

피해아동이 여러 차례 성폭력 피해를 진술했다고 합니다.

수사 과정이 적절하지 않았던 거죠.

피해아동은 수사를 받으며 상당한 괴로움을 느꼈을 겁니다.

그런 사안은 국가상대 손해배상 청구소송 해야 하지 않습니까?

맞습니다. 소송 가야 합니다. 그래야 바꿔어요!

어… 그런데 이런 사건 전에도 있었지 않았나요?

조변호사님, 전에 비슷한 사건 승소하신 적 있지요?

아 네. 일전에 피해아동에 대한 비디오진술녹화 미숙으로 국가배상 승소한 경험이 있어요.

그러면 이 국가배상 사건도 조변호사님께서 진행해보시지요?

아, 네 그렇게 할게요.

그렇게 나는 아동 성폭력에 관한 사건을 다시 한 번 진행하게 되었다.

몇 년 전보다 상황이 바뀌고 나아지기는커녕,
더욱 나빠져 있었다.

피해아동은 큰 부상을 입고
몇 시간에 걸친 대수술을 받았다.

그 후 얼마 되지도 않아
추운 겨울날 검찰에 조사를 받으러 가야 했고

앉아 있기도 어려운 곳에서
몇 시간 동안 조사를 받아야 했다.

그런데 한 번은 녹화가 안 되고,
한 번은 음성이 녹음이 안 되는 등…
기기조작 미숙으로

결국 피해아동은 너무도 아프고 힘든 상황에서
네 번이나 성폭력 피해 사실을 진술했다.

나는 피해아동을 대리하여
국가배상청구소송을 진행했고

그 결과, 국가배상이 안정되었다.

그렇게 그 사건은 승소로 마무리되었다.

그리고 얼마 후 예상치 못하게,
여성가족부장관상 표창까지 받게 되었다.

하지만 마음이 아팠다.

사실 너무도 당연한 것을 말한 것뿐인데,
상을 받을 만한 일이 되었다는 것이….

패소의 상처를 극복하는 방법

신입변호사 시절,

패소를 할 때마다 너무 괴로웠다.

수없이 밤을 꼬박 새다시피 서면을 살피며
오랫동안 온 힘을 다해 싸워온 사건이

패소할 때에는

자괴감까지 들었다.

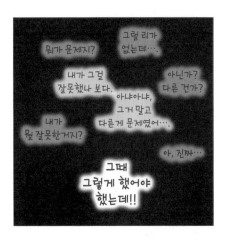

뭐가 문제지?

그럴 리가 없는데…

내가 그걸 잘못했나 보다.

아닌가? 다른 건가?

아냐아냐, 그거 말고 다른게 문제였어…

내가 뭘 잘못한거지?

아, 진짜…

그때 그렇게 했어야 했는데!!

변호사로 살아가기 위해서는, 패소의 상처를 극복할 방법을 찾아야 했다.

하아…

건배~!

짠-

마셔마셔!

살면서 어떻게
승소만 하겠어?
술 한 잔 쫙 마시고!!
잊어버려!

마자요~! 어또케
승소만 하고 살게써요?

일단, 술을 마셔보았다.

요즘 드라마
그거 봤어?
남주 완전 존잘.

언니 나는
그 남주 친구로
나오는 걔가
더 좋아.

술을 먹으니 정말로 시름이 잊혀졌다.
술기운에 걱정도 잊고 즐거운 시간을 보냈는데

다음 날 엄청난 숙취가 찾아왔다….

게다가, 속상한 마음이 사라지지도 않았다.

그래서, 다른 친구들에게 조언을 구해 보았다.

하지만, 나는 뭘 해봐도 마음이 나아지질 않았다.

그 순간 깨달았다.

내가 상처를 극복해 간다는 것을.

가족법 1호 변호사

나는 어려서부터 늘 열심히 공부했다.
노력한 만큼 결실도 얻을 수 있었다.

법대에 진학하여 법학 학사학위를 받고,

바로 대학원에 진학하여

양육비에 대해서 논문을 쓰고
석사 학위를 받았다.

그렇게 박사학위에 도전한 후, 몇 년 뒤.

박사학위는 너무도 힘들었다.

사무실에서는 밀려오는 전화와
사건 진행 때문에 정신이 없었고,

퇴근 후 저녁이나 주말에는
논문에 매달리는 과정이 계속되었다.

저…박사생
조인섭입니다.

논문 심사…
통과 되었나요…?

아…
논문 심사에서
떨어지셨습니다.

그리고 논문 심사에서 떨어졌다….

몇 년간 고생해서 수업을 듣고,

논문 제출 기간에는 두 달 정도
밤을 새우다시피 했는데 심사에서 떨어지다니….

나는 박사학위는
따면 안 되는
팔자인데…

괜히
하겠다고
했나봐….

그냥 여기서
그만둘까…?
정말 너무
힘들다….

아냐, 그래도 여기까지 얼마나 힘들게 왔는데!!

벌떡!

다시 논문에 매달렸다.

할 수 있다!

할 수 있다!

논문 방향을 '상속'으로 하고,
열심히 공부해 나갔다.

그리고 수개월이 지나 다음 해에,

나는 겨우 논문을 통과하고 졸업할 수 있었다.

그 힘든 과정 속에서 예상치 못한 좋은 결과를 얻게 되었다.

하지만 덕분에 내가 전문변호사가 되었어!

가족법 1호 전문변호사로 인정받게 된 것이다.

그래서 2016년 "신 전문분야제도"가 도입되었다. 전문분야를 대폭 축소하고, 더욱 엄격해진 기준을 적용했다.

기존 전문변호사 제도는 구체적 평가기준이 마련돼 있지 않았고, 신뢰도가 떨어진다는 점 등이 지적되어 왔다.

그 과정에서, 내가 가족법전문 1호 변호사가 되었다. 그동안의 고생이 보상받기라도 하듯, 기쁘고 영광스러운 일이었다.

이혼 전문 변호사의 결혼

가족법 전문 변호사는 이혼, 상속 전문 변호사를 아우르는 개념이다. 특히 내가 처음 변호사 생활을 시작할 때만 해도 이혼 사건을 전문적으로 취급하는 변호사는 드물었다. 이혼 사건은 대부분의 변호사들이 한두 건씩 취급하는 사건으로 '이혼사건으로 특화'를 한다는 것은 상상하기 힘든 시절이었기 때문이다. 당시 내가 진로에 대해서 고민을 했을 때 한 선배 변호사는 '이혼 사건은 누구나 할 수 있는 사건이고 진입 장벽이 없으니 그보다는 다른 사건을 해보는 게 좋지 않을까'라고 조언을 해줄 정도였다.

하지만 나는 이혼 등 가사사건을 전문적으로 해보고 싶었고, 아동학대, 성폭력 사건에도 마음이 갔기에 2004년부터 이혼 등 가사사건을 주로 취급하는 사무실에서 근무했고 개업을 하면서도 계속 이혼 등 가사사건을 취급했다. 2009년 처음 대한변호사협회에서 전문분야가 생겼을 때 당연히 '이혼전문변호사'로 등록을 했다.

그렇게 이혼전문변호사로 방향을 정했으나 쉽지만은 않았다. 사실

나로서는 연수원을 수료하고 스물아홉 살부터 이혼전문변호사로 활동을 해온 샘인데, 미혼인 데다가 서른도 안 된 변호사가 이혼사건을 취급하니, 의뢰인들이 '아이고 이렇게 젊은데 내 심정을 이해는 하겠나'라던지, '아이는 있냐?'라고 묻는 경우가 종종 있었기 때문이었다. 심지어 조정위원이 '결혼은 했냐'고 묻는 경우도 있었다. 결혼도 안 했는데 이혼전문변호사라니!

이런 이야기를 워낙 많이 들었던지라 당시 미혼이었던 내가 이 분야에서 살아남기 위해서는 전문성을 강화해야겠다는 생각이 들었다. 그래서 대한변호사협회 등에서 개설한 강의는 하나도 빠짐없이 찾아가며 들었고, 대학원에 진학했으며 관련 세미나, 토론회 등에 열심히 참여하며 나의 입장을 밝히며 전문성을 갖추기 위한 노력을 해왔다. 그러던 중 2016년에 기존의 전문분야제도를 대폭 강화하며 기준이 엄격해졌고, 그 과정에서 가족법전문 1호 변호사로 등록된 것이다.

가족법전문 1호 변호사로 되면서 대한변협신문에 '조 변호사에게 듣는 가족법'이라는 글도 연재하는 영광도 누리게 되었고, 그로부터 얼마 지나지 않아 상속 관련 논문이 통과되어 박사학위를 취득하고 상속전문변호사로도 등록되었다.

나도 그동안 결혼을 하고 아이도 낳았으며, 혼인생활의 스트레스와 우여곡절도 겪었다. 미혼인 상황에서 사건 진행을 할 때에는 '꼭 경험해봐야만 아나?'라는 생각을 했지만, 실제로 혼인생활을 해보니 경험을 해봐야 아는 것이 있다는 것을 알게 되었다. 아는 만큼 보인다고, 나의 생활을 통해 의뢰인에 대한 이해의 폭이 넓어지는 경험을 했다. 돌이켜보면 세월이 흘러가고 나이를 먹어가는 것조차 변호사의 일에서는 더 다양한 인생을 이해할 수 있게 되는 장점이 될 수 있다는 생각이 든다. 이제는 이혼, 상속분야가 아니었으면 내가 어떤 분야를 선택했을지 상상이 가지 않을 정도라, 이 분야를 선택해서 참 다행이고, 첫 발을 내딛던 그때의 나에게 감사하다.

2장

오늘따라 낯선
너의 얼굴

드디어 개업!

변호사 생활을 시작하면서,
나는 사무실에 뼈를 묻을 것처럼 일했었다.

그러나 몇 년 후…

여러 가지 사정으로 인해
정들었던 사무실을 나오게 되었다.

걱정들이 몰려왔다.

그때, 마침 아버지가 쓰시는 사무실의
방 하나가 비었다는 연락이 왔다.

아버지는 오랜 기간 검찰에서 근무 후 나오셔서
형사사건과 의료소송을 주로 진행하셨고

전형적인 원칙론자이셨다.

항상 정도를 고집하는
아버지를 바라보며

아버지를 존경하는 마음만큼 가끔 아버지는
거대한 산처럼 느껴지기도 했다.

나는 어렵사리 상황을 말씀드렸고,
다행히 아버지께서는 빈 방 사용을 허락해 주셨다.

아버지, 제가 혹시
빈 방을 써도 될까요?

그래, 방은
내어줄 수 있다.

그러나
월세는 내라.

넵.

내가
해이하게 하면
아버지께도
누를 끼치게 된다!

변호사가
점점 많아지는데
살아남아야 해!!

실수없이
정말
잘해야지!!

아버지가
야근하고
계신다! 나도
한다!

서면은 아까
다 봤으니
다른 공부라도 한다!!

그렇게 칼같이 비용을 부담하며
바로 옆 사무실에 근무하게 되었고
마음을 더욱 다잡게 되었다.

어려운 사건이 들어와서 진땀을 흘리기도 하고,

혼자서 일하는 것은 생각보다 쉽지 않았다.

수월하던 사건에서도
예상치 못한 문제가 터질 때도 있었다.

그럴 때마다 아버지는 마치 커다란 고목나무처럼
든든한 선배님으로서 많은 조언을 들려주셨다.

나는 아버지께 변호사로서의 마음가짐과
어려운 순간에도 원칙을 지키자는 신념을 배울 수 있었다.

그렇게 시간이 흐를수록 나는 조금씩 성장하며
개업변호사로서 자리를 잡아갔다.

전에는 정말로 어렵고 힘들기만 했던 일도
훨씬 수월하게 처리할 수 있게 되었다.

나는 재판 일정 말고도
강의 등의 외부 활동도 했다.

법을 잘 몰라서 억울한 피해를 겪는
사람들에게 힘이 되고 싶어서였다.

어려운 상황에 놓인 센터 등에서 법률 자문을
구하면 찾아가서 알려드리기도 했다.

그리고 시간이 여유로운 날에는
사무실에 나가서 책상에 앉아 아무도 모르게…

…만화를 그렸다.

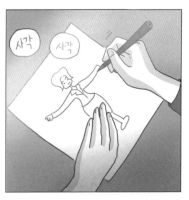

딱딱하고 어렵게만 느껴지는 법 이야기도
만화로 표현하면 사람들에게 좀더 쉽게
다가갈 수 있을 것 같아서였다.

결국 책 한 권 분량을 채웠고,
출판도 하게 되었다.

지금 팔고 있지만 않지만,
공을 들여 만든 책이었다.

그렇게 개업을 한 지 5년이 지나고

좁다
좁아…

수북~

확장을
해야겠어….

사건은 점점 많이 들어와서
사무실을 확장해야겠다는 생각이 들었다.

그렇게 사무실을 법인화 시키기로 하고,
사무실 이름을 바꾸게 되었다.

으음…
어떤 이름이
좋을까?

멋진
이름이
필요해….

나는 어떤 이름이 좋을지 궁리했다.

처음에 지은 사무실 이름은 'LAW CNC' 였다.
CNC는 CHO와 CHO를 합한 것이었다.

CHO   AND   CHO!

아버지와 내가 함께 일하고 있다는 것을
표현한 이름이었다.

하지만 시간이 흐를수록
아버지가 취급하는 사건과
내가 취급하는 사건이 뚜렷하게 달라졌고

이제 다 커서
나 없이도
잘하는군….

나는 바쁘게 나의 활동을 하느라
옆방에 있더라도 하루 한 번 얼굴 보기도
힘들어지게 되었다.

그리고 법인화를 시키면 구성원이
더 많아질텐데 조씨와 조씨가 한다는
사무실 이름은 부적합한 것 같았다.

그래서 친구들과 고민끝에
마침내 이름 하나를 생각해냈다.

나는 신세계로를 만들며
가사사건으로 특화된 법인을 만들고 싶다는
막연한 꿈을 가지고 있었는데,

처음 시작할 때는 여러 구성원들이 있고
각자 자기 분야가 있었으나

2016년부터는 내가 대표변호사가 되어
이혼상속사건만을 취급하는 법인으로 성장했다.

항상 정도를 지키고 최선을 다하는
법조인의 모습으로 일하자고 다시 한 번 다짐해 본다.

양육권 변천사

십여 년 전, 나는 초임 변호사로 일을 시작했다.

그때만 하더라도, 이혼 등 가사사건을 전문으로
취급하는 사무실은 손에 꼽을 정도였다.

그리고, 친권양육권이나 재산분할 등에
대해서도 지금과 인식이 많이 달랐다.

그 당시에는 친권양육권은
당연히 아버지가 갖는다는 인식이 있었다.

네, 엄마 쪽이 아이를 양육하실 수 있고 친권도 엄마 쪽이 가지실 수 있어요.

네?! 친권을요?! 그게 정말이에요?

그래서 의뢰인들은 엄마의 친권양육권이 가능하다는 말에 깜짝 놀라곤 했다.

믿기지 않는다는 듯 두 번 세 번 물어보기도 했다.

네 정말입니다.

진짜요???

네, 법적으로 그렇습니다.

친권을 달라니!! 말도 안 되는 소리!!

내가 양육할 거니까 친권도 내가 가지겠어요!!

그래도 친권은 아빠 앞으로 해야지!!!

예전에는 친권을 뺏기면, 아이를 뺏기는 것과 마찬가지로 생각했다.

친권은 자녀가 미성년자일 때 법률 대리인을 한다는 권한일 뿐이에요.

자녀가 성인이 되면 사라지는 것입니다.

엄마가 친권을 가져도 자녀분은 아버지 호적에 그대로 올라가 있고 성도 바뀌지 않아요.

안 돼!!! 그래도 친권은 절대 줄 수 없어!!

내 자식이야!!! 우리 집안 장손이라고!!!

아이고….

아무리 설명해도,
사람들의 인식은 쉽게 바뀌지 않았다….

양육비는 아이 한명당 20만 원으로 예상됩니다.

10만 원 이요…?

양육비 또한 굉장히 적게 책정되던 시절이었다.

20만 원으로 어떻게 아이를 키우라는 말인가요…?

아이와 굶어 죽으라는 소린가요!!

아이당 20만 원… 너무도 적은 양육비였다.

그 당시 양육비는 보통
한 아이당 50만원, 많으면 100만 원이었다.

그마저도 제대로 지급되지 않으면,
빈곤에 놓여야 했다. 많은 이혼 가정은
경제적 어려움을 동반했다.

그 당시 이혼은 아이를 빼앗기고,
빈곤에 내몰리는무서운 일이었다.

그래서 많은 사람들이
고통스러운 결혼생활을 참고 살아갔다.

대부분의 케이스에서,
남편은 집을, 아내는 혼수를 했다.

재산분할의 대상이 되는 것은
혼인 후에 형성한 재산이고,

혼인중에
형성한 재산

아파트의 가치는 그대로이거나
상승하는 경우가 많았지만,

결혼 생활이 짧은 경우
각자 해온 것을 다시 가져가게 되는데

혼수는 중고로 팔아야 했고,
그 가치는 반 이하로 떨어졌다.

이혼사유가 상대방에게 있어서 이혼을 하게
되었어도, 여자의 손해가 너무나 컸다.

네…
중고로 팔면
반값도
안 된다고요….

네…
어쩔 수
없죠….

그리고 그때엔 그걸 당연하게 생각했었다.

그러나 지금은 16년 전과 많이 다르다.

불합리
합니다!

고칩시다!

개선
합시다!!

바꿉시다!

불합리한 이혼결과에 대해
부당하다는 인식이 생겨난 것이다.

그래서 현재에는 많은 것이 바뀌고 개선되었다.

혼인기간 2년~2년반 이상이 되면
특유재산을 분할해준다.

혼수로 해 간 금원을 고려하여
재산분할도 해준다.

세상이 이렇게 바뀌어 가는데도, 아직도
옛날 판결만 믿고 있는 변호사를 만날 때가 있다.

친권양육권에 대한 인식도 많이 바뀌었다.

안 돼!!! 그래도 친권은 절대 줄 수 없어!!

내 자식이야!!! 우리 집안 장손이라고!!!

아이고….

아이 키우는 사람이 친권이랑 양육권 가져야지.

그래, 그게 당연하지.

과거에는 이혼하면서 친권을 뺏기면 아이를 뺏기는 것처럼 생각했으나,

요즘은 아이를 키우는 쪽이 친권과 양육권을 모두 가지는 것을 당연하게 생각한다.

요즘은 웬만하면 엄마가 키우지!

이혼사유도 당신한테 있잖아!

큭….

예전에는 친권양육권이 당연히 아빠에게 유리하다고 생각했지만 요즘은 오히려 엄마에게 유리하다고 생각하기도 한다.

이처럼 16년 전과 비교해보면,
공평하고 합리적으로 이혼이 변해가고 있다.

그런데 가끔, 예상치 못한 일이 발생하기도 한다.

때는 2006년 부동산 가격이 폭등하던 시절.

재판부는 당연히, 이혼과정에서
아파트를 팔아 돈을 나누라고 하였으나,

부부는 지금 팔기 아깝다며 거부했다.

그렇게, 공동명의 재산은 남겨둔 채
이혼을 하는 광경이 벌어지기도 했다.

2008년, 아파트 값이 하락하자 사정은 달라지는데….

많은 사람들이 아파트를 당장 팔려고 했다.

지금 가격으로 빨리 정산해달라고
하는 경우가 다반사였다.

아예 부동산을 안 가지겠다고
입장이 바뀌기도 했다.

폭락하는 가격 때문에,
많은 사람들이 서로에게 부동산을 미루었다.

그런데 2010년, 다시 부동산 가격이 상승했고…

사람들은 다시 부동산을 가지겠다는 입장으로 바뀌었다.

*사실심 변론종결시: 재판이 끝나는 시점의
아파트 가격이 분할의 기준이 된다는 뜻.

티타임은 생각보다 빨리 찾아왔다.
남편이 항소를 했기 때문이다.

항소 시에도 의뢰인의 남편은
아주 억울하다는 입장이었다.

아니,
안 했다는게 아니라!
집안일 한 거
나도 아는데.

그렇다고 돈을
그만큼 가져갈 일은
아니라는 거죠!

휙!!

30%를
줘야 하다니요!!
너무 많아요!!

저 사람은
액수가 문제가
아니라...

그냥
아무것도
주기 싫은것
같다....

...알겠습니다.

재산분할을
다시 해보도록
하죠.

네네!
감사합니다!
다시 해주세요!!

저번에
판결 난
이후로

아파트 값이
많이 올랐더군요.

그 오른 액수까지
포함해서 다시
분할하세요.

판사님은 급등한 부동산 가격을 포함해서
재산분할을 다시 하라는 판결을 내렸고,

나의 의뢰인은 오히려
더 많은 금액을 분할받게 되었다.

그렇게, 급변하는 부동산 가격은
누군가에겐 눈물로, 누군가에겐 웃음으로
수많은 사건들을 만들어냈고 지금 역시 마찬가지이다.

시대의 변화에 발맞추어
법과 판결 또한 계속해서 변화하고 있다.

변화하는 세상 속
수많은 사건들을

올바르게 대처하는
변호사가 되고
싶다고
다짐해 본다.

알수록 쓸모 있는 생활 가족법 상식

Q. 저는 주부인데 곧 이혼할 것 같아요.
소송으로 간다면 재산분할에서 가사노동도 인정받을 수 있나요?

A. 많은 전업주부들이 '경제적 기여도가 없다'고 생각하면서 재산분할을 받을 수 있냐고 물어보는데, 전업주부도 재산분할을 받을 수 있습니다. 다만, '전업주부도 50%'를 받을 수 있냐, 하면 꼭 그렇지는 않습니다. 재산의 양, 혼인 기간, 재산의 형성과 유지 기여도 등에 따라 다르거든요. 대법원 판례는 혼인기간 2년 반 정도 이상 되었을 때부터 전업주부의 기여도를 인정해주고 있습니다. 기여도를 많이 인정받기 위한 여러 증거가 있을 수 있는데요. 혼수를 많이 해 간 경우라면 혼수리스트와 각종 영수증, 그리고 혼인생활이 시작된 이후 알뜰하게 생활해온 증거로 오랫동안 자필로 작성해온 가계부 등도 증거가 될 수 있습니다. 매일매일 정성들여 만든 요리 사진 또는 부동산 구입 시 얼마나 발품을 팔아서 구입했는지에 대한 각종 증거, 일기 등에도 증거가 될 수 있습니다.

상속 몰아주기

옛말에 이런 말이 있다.
" 열 손가락 깨물어 안 아픈 손가락 없다. "

손가락들처럼 자식이 여럿이어도
부모의 사랑은 똑같다는 의미인데,

상속사건을 많이 접하다 보면 이런 생각이 든다.

외동이 아닌 이상, 자식이 여럿이면
상속 문제가 생기는데,

특정 자녀에게만 재산을 넘겨주는 경우가
꽤 많기 때문이다.

재혼을 하게 된 경우에는
그런 모습이 더욱 도드라지게 되는데,

전혼 배우자 자녀에게는 안 주고,
재혼 배우자 자녀에게만
재산을 몰아주는 경우가 흔하다.

변호사님 안녕하세요.
상속재산분할…
재판을 하고 싶은데요.

아, 안녕하세요.
네… 일단
앉으세요….

변호사님,
이게… 아버지
유언장이에요.

아아,
네….

유언장

1. 피상속인
성명: 김 종 대
주소: 서울시 강남구 0000...
2. 상속인
성명: 김 태 훈

유언내용

사후에 남는 재산은 큰아들 김태훈에게
모두 상속한다.

제 이름은
유언장에 나오지도
않아요. 하하….

아…
아드님에게만
상속을 하셨군요….

아버지
아~

아아…

…변호사님, 아버지 삼 년 넘게 투병하실 때
간호 제가 다 했거든요….

오빠는 바쁘다고 나한테 다 떠넘기고요….

오빠 아빠가 보고싶대

오늘 야근이다

잠깐이라도 못와?

시간나면 갈게

…그런데 저에겐 백 원 한 푼 없네요….

그렇게 시작된 재판은, 감정 싸움으로 연결되고
극단적인 상황으로 치닫게 된다.

돈이 없으면 당연히 일이라도 해야지!!! 그 병원비 내가 다 냈습니다!!

너 편안하게 아빠 옆에 앉아 있을 때 난 뼈빠지게 일했다고!!

그렇게 몇 달, 몇 년 동안 소송을 진행하다 보면 형제 간의 우애는 완전히 사라져 버린다.

사람들은 부모님에게 차별받았다는 것에 더욱 상처받는다.

나를 그렇게 이뻐하셨는데…

내가 착각했던 건가 봐요….

상속재산을 모두가
공평하게 나눠갖는다면
이런 비극을 피할 수 있을 텐데…

…그건 나의 너무
이상적인 생각인 것일까….

알수록 쓸모 있는 생활 가족법 상식

Q. **상속 내역이 마음에 차지 않아요. 소송을 하면 무조건 동등하게 분할받을 수 있나요?**

A. 상속이 특정자녀들에게만 이루어져서 다른 상속인들이 제대로 된 상속을 받지 못했다면, 상속재산분할이나 유류분반환청구를 할 수 있습니다. 피상속인 명의의 재산이 아직 남아 있다면, 남은 재산에 대해 '상속재산분할청구'를 할 수 있는데, 이때는 이미 받아간 상속인들은 더 받아가지 못하고 상속분을 제대로 못 받은 상속인들만 남은 상속재산에서 분할을 받을 수 있습니다(예컨대, 피상속인에게는 9억의 재산이 있었고, 자녀 3명 있는 상황에서 첫째에게만 3억을 증여해주었다면, 이 경우 피상속인이 사망 당시 남아 있는 재산 6억은 둘째와 셋째 자녀들이 각각 3억씩 나누게 됩니다). 만일, 피상속인 명의의 재산이 아무것도 남아 있지 않다면, 상속인들은 특정상속인을 상대로 본인의 법정 상속분의 1/2(형제자매가 상속인일 때는 1/3)을 유류분으로 반환청구할 수 있습니다(예컨대, 위 사안에서 피상속인이 9억의 재산을 첫째에게 모두 다 증여해준 경우에는, 둘째와 셋째는 본인이 받을 수 있는 법정상속분 3억 원의 1/2인 1억 5000만 원을 유류분으로 첫째에게 반환청구할 수 있습니다).

의부증 아내

어느 늦여름, 한 남성 의뢰인이 오셨다.

변호사로 일하다 보면, 조금은 감이 생긴다.
오랫동안 무엇인가에 시달린 얼굴….

결혼한 지는
이제 막
사 년째 됩니다….

중매로 만났는데
제가 많이 좋아해서
결혼했습니다….

양가 집안에
큰 문제 없고
장인 장모님도
좋은 분들이시고요.

사람들의 축복 속에
식도 잘 올렸습니다….

문제는
2년째 되던
즈음부터
생겼습니다….

와! 오빠
맛있어보여!
빨리 먹자!

살펴보니 저 멀리 어떤 여성분이
노란색 원피스를 입고 서 있더라고요….

그땐 아내가 질투심이 나서 그랬나보다,
하고 생각했어요.

그래서 잘 달래주고 넘어갔었죠.

며칠 후 저녁에, 저는 거실에서
티비를 보며 쉬고 있었습니다.

그때서야 깨달았어요.

아내에게 뭔가 문제가 생겼다고….

병원에 데려갔더니 망상장애 진단이 나왔어요.

변호사님,
그게 전부입니다.
저한테만 물어본 것도
아니고 여러 사람한테
물어본 거고…

그 이후로는
그 여직원이랑
대화한 적도
없어요….

아…
억울하셨겠네요….

이거 때문이냐고, 아무 일도 없었다고
아무리 말해도 오히려 불같이 화를 내더군요.

거짓말 말라고, 주변에 알리겠다고…

병원도 안 가요.
자기 정신병자로
몰아서 쫓아내고
새 살림 차리려고
한다면서…

주변 사람들은
아내 말을 믿고…
평소엔 멀쩡하니까.

급기야 회사 홈페이지 게시판에 글까지
올렸습니다. 사람들이 저를 피합니다
특히 여직원들은 근처에도 안 와요.

물어보면 아니라고 대답이라도 할 텐데
쉬쉬하면서 그냥 저를 피합니다.

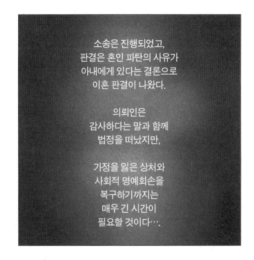

내가 있으면 엄마가 또 힘들잖아

그건 정말 진심이 아니었어요. 흑흑….

흑흑흑

정말 너무 보고 싶은데… 어떻게 해야 할지 모르겠어요….

그러지 말 걸 그랬어요. 그런 말을 하면 안 되는 거였는데….

으흑… 흑… 나쁜새끼….

엄마… 엄마…

엄마아…

왜!! 또 왜!!! 엄마 힘들다고 했잖아!!!!

너 이럴 거면 아빠한테 가!!

그땐 내가 너무 힘드니까…

아이가 상처받는다는 생각을 못 했던 거 같아요…

저는 몇달 간 아이가 너무 보고 싶었어요.
아이를 보자마자 달려가서 끌어안았죠….

저는 당연히 아이도 저한테 매달릴 줄 알았는데…

잠깐 안기더니 아이가 이러더라구요.

싸우지 않는 날이 거의 없었던거 같아요.

아오… 벌써 며칠째야. 날파리 엄청 꼬였잖아!!

당신이 갔다 버린다며!!!

사소한 일들로 싸움이 시작되고요….

남편은 일을 미루고, 회피하는 경우가 많았어요.

나 지금 일하고 들어왔잖아… 나도 좀 쉬자….

또 또 또, 그렇게 말할 줄 알았다. 말만 하고 맨날 그냥 자잖아. 돈은 당신만 벌어??? 나도 일하고 왔어!

그래, 그래… 내가 좀 이따 갔다 버릴게. 지금은 좀 쉬자 좀!!!!! 어?!? 쫌!!

어디다 대고 소리를 질러?! 늘 그렇게 말하고 안 하잖아!!! 회사일은 중하고 집안일은 우스워?

아오 제발 그만 좀 하라고!!!!! 나도 좀 쉬자!!!!

그렇게 시작된 싸움은 결국 서로 악을 쓰게 돼요….

…진짜 힘들다…
이럴 거면 갈라서자.
더이상 너랑
못 살겠다.

하!! 그런 소리가
참 쉽게도 나온다!

애는
당연히

애는
어쩌고!!

엄마가
키워야지.

그 말을 딱 듣는 순간…
뒤통수로 뜨거운게 확 올라오면서…

갈라서고 난 혼자 애 키우면서

순간적으로 어떤 상상들이 막 되는 거예요….

독박육아에 일에 정신없이 생고생 하는데

167

남편은 혼자 자유롭게 일하고 쉬고 커리어 쌓고

여자도 만나는 상상이 확 떠오르는 거예요.

정말 밉더라고요. 진짜 진짜 너무 밉더라고요… 참을 수가 없을 정도로.

너무 화가 나서 온몸이 떨리고 눈물이 나고요….

그러고 쭈그리고 우는데 애가 와서 칭얼대니까….

그래서… 그날… 결국 애한테 그렇게 소리 지르고…

저는 친정으로 가 버렸던 거예요….

그러셨군요….

의뢰인이 떠난 후, 많은 생각들이 들면서

……

조인섭

예전에 있었던 이혼사건이 떠올랐다.

난 안 키워!

그럼 나 혼자 키우라고? 나도 못 해!

그 사건은, 부모가 서로 아이를 키우지 않겠다고 언성을 높였다.

…일단 한 분 쪽으로 해야, 양육비 문제도 조정이…

아 나는 못 합니다. 저 사람도 못 한다고 하잖아요.

그래서, 조정 자체가 되지 않고…

이대로는 안 될 것 같으니.

다음 기일에.

입양기관 불러서 진행합시다.

결국 판사님은 화가 났다.

……¡¡¡

아…¡¡¡¡

그러나, 그들은 모두가 아이를 사랑하고 있었다.

다만 상대방에 대한 악감정 때문에,
상대방을 괴롭히기 위해
아이를 키우지 않겠다고 언성을 높인 것이다.

당연히, 아이는 입양되지 않았다.

가장 상처받는 존재는 아이이다.

어려서 모를 것 같아도,
아이들은 다 눈치채고 알고 있다….

그리고, 아이의 상처는 고스란히 남겨진다.

엄마가
미안해….

정말로…

엄마가
잘못했어….

변호사님…
왜 이혼소장이
안 날라 올까요…

진행이 안 되니…
피가 마르는 것
같네요….

제 생각엔…
남편분이 다시 연락을
주실 것 같아요.

그래요…?

정말로 이혼 의지가
있다면, 진즉 소장을
보내셨을 거예요.

부부는 다시 함께 살아가기를 선택했다.

부부는 가족 상담센터를 다니며
불화를 극복하기 위해 노력중이다.

어려운 선택을 한 그들의 삶이

행복하기를.

'그 사람이 변할 줄 알았어요'라는 말

심사숙고해서 이혼을 결심하더라도 이혼소송은 매우 지난한 과정을 거치기에 소송 자체를 유지하는 것도 쉽지 않다. 이혼소송은 일반적인 소송절차와는 달리 부부상담, 가사조사 등의 절차를 거치면서 소송기간이 길어지기 때문이다.

부부상담을 받으며 서로 오해했던 부분을 풀고 다시 잘 살기로 하는 경우도 종종 있는데, 이런 경우 보통은 소송을 취하하지만, 서로에 대한 다짐을 문서화하고 싶다면 서로의 바람을 적은 긴 조정조서를 작성하기도 한다. 생활비를 매월 얼마를 지급하며 그중 관리비는 별도로 지급한다던가 자녀 교육비는 누가 낸다는 식의 매우 구체적이고 세세한 조항을 적는 경우도 있었고, 일주일에 한 번 자녀들과 식사시간을 가지는 등의 조항을 넣는 경우도 있었다.

하지만 긴 소송기간에 지쳐서 끝이 안 보이는 터널 같다는 생각에 소송을 중도에 취하하는 경우도 있다. 어린 자녀가 엄마 혹은 아빠를 보고 싶다고 계속 보채는 경우, 상대방의 잘못에 대한 기억은 희미해지고 '이렇게 아이가 좋아하는 아빠인데 그냥 살자'는 생각으로 취하하거나, 경제적 자립이 생각보다 쉽지 않음을 뼈저리게 느끼고 다시 가정으로 돌아가는 경우도 있다.

그러나 상대방의 진정한 사과나 반성 없는 소송 취하는 몇 년 혹은 몇 개월 뒤 다시 소송으로 진행되었다. 그럴 때면 '그때 변호사님이 취하를 말렸을 때 하지 말았어야 했는데…'라거나 '정말 변할 줄 알았죠'라는 말을 듣곤 했다. 성격 차이로 인한 이혼소송은 서로 맞춰서 살 각오로 취하하는 것이니 그나마 회복의 여지가 있지만, 가정폭력은 폭력의 습벽이 변하지 않으므로 몇 개월 뒤 다시 폭력이 시작될 때가 잦았고, 부정행위를 저지른 상대방은 '한 번은 걸렸으니 다시는 안 걸린다'는 각오로 증거를 모두 인멸하며 부정행위를 일삼기도 했다.

이혼하고서도 부부의 인연이 이어지는 모습도 봤다. 30년 이상 혼인생활을 이어온 노부부 재혼 가정이었다. 전혼자녀들로 인한 갈등으로 이혼했지만 판사님이 '두 분은 이혼은 하더라도 친구처럼 왕래를 하시고 서로 챙겨주시기 바란다'고 당부를 할 정도로 전혼 자녀외에 두 분의 관계는 원만했고, 이혼을 한 뒤에도 서로 챙겨주며 지냈다. 이혼을 생각할 만큼 깊은 갈등의 골을 겪고서도 상대방의 변화를 기대하기도 하고, 이혼을 하고서도 인연을 유지하는 모습들을 보면 부부의 연이란 묘하고도 질긴 것이라는 생각이 든다.

이건 데자뷰

한 남성분께서 상담을 하러 오셨다.

추우우   우욱…

변호사님… 제가… 이혼을 하게 될 것 같습니다….

말만 했다 하면 자꾸 싸우고… 이혼 이야기 나온 건 세 달 전이고요….

네… 많이 힘드시겠어요….

한 달 전엔가는 또 싸울거 같아서 밖으로 급히 나가다가… 문지방에 찍어서….

…뭐지…? 이 이상한 느낌은….

발톱이 빠져버렸고요… 와… 얼마나 아프던지…

어느 발가락이 빠졌냐 하면…

…뭐지…? 어디선가 본 듯한 이 기분은…

…이 느낌은… 기시감…?

177

이런 경우엔 부득이하게
변호를 맡지 못하기도 한다….

같이 왔어요

이혼 사건을 진행 중인 여성분이 계셨다.

안녕하세요, 변호사님~

네~ 안녕하세요 잘 지내셨어요?

네~ 근데… 오늘은 울 형님도 오셨어요….

형님이요…?

형님~ 괜찮아요. 들어오세요~

아, 안녕하세요. 미숙이 형님되는 사람입니다….

그렇게, 동서지간이 함께 이혼을 진행하기도 했다.

둘 다 어쩜 그리 지네 엄마 편만 드는지… 아유!! 효자 났어 진짜.

그러니까요. 바람피는 것까지 똑 닮았어. 아주 형제는 형제야.

두분이 고생이 많으셨네요….

혼자가 아니니 더 힘이 나네 동서….

저도요 언니… 우리 같이 싸워요!!

꼬오옥

동서가 함께 했던 이혼소송은 성공적으로 끝을 맺었다.

어느 날은, 오래전 승소했던 의뢰인께서

다시 방문하신 일도 있었다.

이번에는 둘째 따님이 이혼을 하게 되신 것이다.

힘든 순간에 의지할 사람들이 있다는 건,
참 다행스러운 일이다….

직장 동료를 따라오는 분도 계셨다.

이혼사건이 아니었다면,
법정에 드나들 일이 없었을 사람들…

하나하나 아픈 사연이 담겨 있는 그 사건들 앞에서,
오늘도 최선을 다해야겠다고 생각해본다.

돈이 어디로 간 거야

이혼으로 찾아오신 의뢰인이 계셨다.

변호사님,
저 좀 도와주십시오.
돈이 어디론가
다 없어졌어요…

저런, 돈이
없어지다니요?

이혼하려고,
재산분할 때문에 통장이랑 쭉 살펴봤는데

뭐, 뭐야….

돈이 어디로 가고 다 없더라고요….

그래서 아내한테 물어봤지요.

도, 돈이 다
어디 갔어??

무슨 돈?

돈 빼서 다
어디다 뒀어!!!

어디다 두긴 뭘
어디다 둬!?
먹고 사느라
다 썼지!!

갖다주면
얼마나
갖다줬다고!?

며칠 후, 그 의뢰인에게서 전화가 왔다.

이불은 이삿짐센터에 잘 있었다….

이혼 소송을 진행하면서,
아내 측에서도 친정 앞으로
재산을 빼돌린 정황이 드러났다.

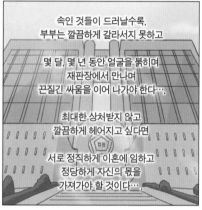

속인 것들이 드러날수록,
부부는 깔끔하게 갈라서지 못하고

몇 달, 몇 년 동안 얼굴을 붉히며
재판장에서 만나며
끈질긴 싸움을 이어 나가야 한다….

최대한 상처받지 않고
깔끔하게 헤어지고 싶다면

서로 정직하게 이혼에 임하고
정당하게 자신의 몫을
가져가야 할 것이다….

 알수록 쓸모 있는 생활 가족법 상식

Q. 배우자가 이혼을 앞두고 재산을 본인 가족에게 빼돌리고 있는 것 같아요. 막을 수 없나요?

A. 이혼을 생각하는 사람들 중 많은 사람들이 재산을 적게 줄 수 있는 방법을 찾는 것 같습니다. 그리고 재판 전에 재산을 빼돌리면 숨길 수 있다고 생각하는 듯한데요. 재판을 하게 되면 기본적으로 3년치 재산에 대한 조회를 하게 됩니다. 부동산이나 은행, 보험, 주식거래 내역을 3년치 조회하는 것입니다. 그러니 재산을 빼돌리면 모두 드러나게 되는 거죠. 그리고 '이혼' 이야기가 나온 뒤에 거액의 금원이 인출되거나 채무가 급증하거나 하면 정당한 이유가 없는 한 모두 분할대상이 됩니다. 오히려 갑자기 그렇게 재산을 빼돌린 정황이 드러나게 되면 재판부에 안 좋은 인상만 주게 되죠. 그러니 재판을 앞두고 재산을 빼돌리는 것은 좋은 방법은 아닙니다. 다만, 이렇게 재산을 빼돌리는 것을 막으려면, 재판을 앞두고 가압류 등을 통해 자산을 보전하는 방법이 있습니다.

복잡한 내연녀들

변호사님… 남편이 여자가 있어요. 확실해요.

요즘은 외박도 잦아요. 바쁘다고 하는데 말도 안되고.

증거도 있어요.

아아 네.

스윽

의뢰인은 사진을 내밀었다.

이건 어딘가요?

우리집 주차장 CCTV예요.

의뢰인님 아파트 주차장인가요?

네, 제가 딸네 집에 갈 일이 있어서 며칠 동안 집을 비웠었는데

그 사이에 여자를 집에까지 데리고 들어온 거예요.

돌아와보니까
이상하게 청소가 되어 있더라고요.

수상해서 CCTV 찾아보니
같이 차에서 내려 집으로 들어가는 장면이
나오더라고요….

남편분은
인정하셨나요?

아, 이건
안 보여줬어요. 워낙에
야사빠른 인간이라
없애거나 할까봐….

아아, 네네.

사람 좋게 웃으며 말하던

그 말을 믿었었는데….

내연녀는 네 명이었다.

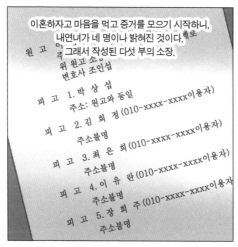

이혼하자고 마음을 먹고 증거를 모으기 시작하니,
내연녀가 네 명이나 밝혀진 것이다.
그래서 작성된 다섯 부의 소장.

원 고

위 원고 소송
변호사 조인섭

피 고 1. 박 상 섭
       주소: 원고와 동일

피 고 2. 김 희 정 (010-xxxx-xxxx이용자)
       주소불명

피 고 3. 최 은 희 (010-xxxx-xxxx이용자)
       주소불명

피 고 4. 이 유 란 (010-xxxx-xxxx이용자)
       주소불명

피 고 5. 장 희 주 (010-xxxx-xxxx이용자)
       주소불명

내연녀들은 서로의 존재를 알고 있을까…?

어떻게 나올지
궁금하네. 하….
지금 집에 안 들어온 지
며칠 됐는데….

남편분이
요즘은 집에
안 들어오시나요?

네, 집에 안 온지
일주일 되나….
상황이 이렇게 되니까
도망가버렸나.

재판 때
안 나오면
어쩌죠?

그리고, 드디어 재판 당일.

나와 내 의뢰인,
상간녀 네 명과 그들의 변호사 네 명.

모두 열 명의 사람들이 모이게 되었다.

다 굽히고 들어가기를 선택한 것 같았다….

재판을 진행하면서,
그의 행실은 더욱 적나라하게 드러났다.

저만 사랑한다고
곧 이혼할 거니까
기다려달라고 했고요….

- 내연녀2 -

…만날 때마다
선물을 줬고요.
같이 여행도 갔고….

- 내연녀1 -

이혼할 거라서
아내와 별거중이라고,
집에도 데려갔었어요.

달마다 용돈 하라고
꼬박꼬박 돈 부쳐주고….

- 내연녀3 -

- 내연녀4 -

CCTV, 카톡대화, 사진, 선물 구입 정황 등
증거가 많았기에, 남편도 쉽게 외도를 인정했다.

모두
인정합니다.
다 저의
잘못입니다….

내연녀들과
외도했고,
뉘우치고
반성하고
있습니다….

196

조정실에 자리가 부족한 것이었다.

유부남인 것을
알고는 있었으나,
이혼을 할 것이라고
속였기 때문에…

그 배상금액은
너무 높다고
생각이 됩니다.

저, 정말
돈이 없어요….

그렇게 어렵사리 조정은 시작되고
사람들은 각자 본인을 보호하려 애썼다.

여보, 이혼만은 제발…
저 여자들은 그냥
잠깐 불장난이었네,
여보….

내가 앞으로는
당신이 원하는
모습으로 살게.
집에 일찍 들어가고.
응?

아내분께서는
이혼에 대한 의지가
확실하십니다….
번복은 이제 그만….

…사실….

남편은 이혼당했고,
내연녀들은 손해배상금액을 물었다.

아직도 허탈해하는 아내분의 마지막 표현이
잊혀지지 않는다. 함께한 사람의 부정을
오랜 시간 참고 참았던 그 의뢰인의 마음은 어땠을까.

 알수록 쓸모 있는 생활 가족법 상식

Q. 배우자가 불륜을 저지르고 있는 것 같아요. 배우자의 핸드폰 메신저 내용을 몰래 캡
처하면 불법적인 증거물인가요? 합법적인 증거는 어떻게 얻나요?

A. 부정행위에 대한 증거는 다양합니다. 그 중 가장 많이 사용되는 것이 핸드폰 대화내용 캡쳐
나 대화내용 녹음인데요. 남편의 핸드폰이 잠금장치가 되어 있는데, 패턴이나 비밀번호 등을 몰
래 알아내어 풀고 대화내용을 확보한 것이라면 이는 불법증거로서 정보통신망 이용촉진 및 정보
보호 등에 관한 법률위반이 될 수 있고 형사처벌을 받을 수 있습니다. 만일 남편이 내연녀와 대
화하는 것을 몰래 녹음했다면 통신비밀보호법 위반이 될 수 있으며 이 또한 불법증거입니다. 그
러나 이혼사건에서는 불법증거도 다른 증거와 함께 상대방의 부정행위를 입증하는 유효한 증거
로 사용될 수 있습니다. 다만, 상대방이 형사고소를 하면 처벌을 받게 됩니다. 그러니 증거를 확
보하기 전 혹은 확보한 뒤 사용하기 전에 전문가와 상의를 한 다음 활용해야 합니다.

내 아내가 지금 어디 있다고?

어쩐지 야근이
너무 잦더라니….

그 전화를 받고
처음 알았습니다
아내가 제게
거짓말을 한다는 걸….

…변호사님…
어떻게 해야
될까요….

많이 괴로우시겠어요.
정황상 외도가
의심이 됩니다.

네….

부들부들

혹시 어떤
확실한 증거가
있을까요?

아내의 외도로 사무실을 찾아오신 의뢰인.
외도 상대는 아내의 직장 동료였다.

…애들을 어머니께 맡기고
차 타고 밤새도록
그놈 아파트 앞에
숨어 있었어요.

회사 숙직실에서
밤샌다고 그러던
사람이…

아침에
그 남자 집에서
같이 나오더군요.

손잡고
웃으면서….

증거 없이 제 증언만으로는
소송이 어려운가요?
아침에 집에서 같이 나오는 걸
제가 두 눈으로 똑똑히 봤는데…

그쪽에서 분명히
인정 안 할 텐데…
그럼 증거를 제출해야 하거든요.
증거를 좀 확보하시는건
어떨까요?

아…
그렇…군요….

혹시 무슨 사정이
있으신가요?
괜찮으니
말씀해보세요.

아…네…
저… 사실은…

…소송을 진행하면서
아내가 저에게 마음이
더 떠날까봐 두렵습니다….

제가 여기 온 것도
알게 되면 화가 날 테고…
그놈한테 완전히
가버릴까봐….

소송을 하더라도 그놈한테만 하고 싶어요. 아내 몰래 법적인 압박감을 주고 싶어서…

근데… 아내에게 숨겨질 것 같지 않아서요….

네, 아무래도 소송이 진행되면 완전히 숨기기는 힘들지요….

네… 네….

끄덕 끄덕

아내분이 당사자이시니, 법정에 나오셔야 할 거고요….

저는 아내를 많이 사랑합니다. 소송으로 상처받고 고생하는걸 원치 않아서요….

아이들도 있고… 가정을 깨고 싶지 않아요….

네….

의뢰인은 다시 찾아오지 않았다.

외도를 하고도 뉘우치지 않는 사람이 있는가 하면,
외도를 당했어도 관계를 회복하기 위해 노력하는
사람들도 있다…. 부디 의뢰인분이 원하는
좋은 결말을 만들었기를 바랄 뿐이다.

변호사의 일

누구보다도 치열하게 연구하고 공부했지만 법전과 강의실에서는 절대 배울 수 없었던 사건들을 만나곤 한다. 변호사 사무실을 개업하고 주말에는 상담소에서 법률 상담을 도맡던 시절에 나는 인생에서 잊을 수 없는 사건을 맡게 되었다. 변호사로서, 한 인간으로서 많은 감정과 고민을 느꼈던 사건이라서 그림으로도 풀고 싶었지만, 자칫 선정적으로 그려질까 걱정되어 짧은 글로만 남기기로 했다.

한 중년 여성이 딸아이와 함께 와서 '아이가 아빠한테 추행을 당하고 있다'며 이혼 후 아빠가 키우고 있는 딸아이를 본인이 키워야겠다고 말했다. 나는 진솔한 이야기를 나누기 위해 엄마는 밖으로 내보내고 딸아이와 면담했다. 아이는 초등학교 5학년이지만 아빠와 함께 잔다고 했다. 아이는 위축되어 보였다. 그리고 고백하는 내용은 충격적이었다. 아빠가 속옷 안으로 손을 넣어 예민하고 민감한 부분도 터치한다는 것이었다. 아이는 창피해하며 어렵게 말을 이었다. 아버지의 행동은 부녀간의 일반적인 스킨십으로 볼 수 없었다. 아이의 말이 끝나자 아버지의 행동은 명백한 성추행이라고 확신했다.

아이의 증언을 증거로 남기기 위해 아이와 함께 전문 기관에 방문해 증언을 녹화했다. 아이는 나에게 상담할 때 말한 내용을 동일하게 이야기했으며 기관은 진술에 신빙성이 충분하다고 판단했다. 경찰은 '친족에 의한 성추행'으로 아버지를 구속했다. 그리고 형사고소와는 별도로 친권양육권 변경청구소송을 제기했다. 이렇게 지난하고 길었던 소송이 본격적으로 시작되었다.

누구나 소송을 진행하면 변호사에게 감정을 날카롭게 표출하곤 한다. 이 어머니는 감당하기 어려울 만큼 심했다. 어머니는 경계성 성격장애를 앓고 있었기 때문이다. 하루에도 몇 차례씩 전화를 해서 서러운 감정, 불안한 마음과 억울한 심경을 폭발시켰다. 어머니가 어떤 사람인지 알고 있었기에 이야기를 끊지 않고 하루에 몇 시간씩 전화를 붙잡고 대화를 이어갔다. 감정의 진폭이 커 흐름을 쫓아가기도 버거울 때가 많았다. 불같이 화를 내며 전화를 끊고 다음날 울면서 용서를 구하는 행동을 반복했다. 전화가 오면 사무실이 마비될 지경이었지만 아이를 구해야 한다는 생각으로 견뎠다.

경찰조사를 마치고 검찰조사를 앞두고 있는 상태였다. 돌연 아이가 엄마에게 사실은 아빠가 이전에 말했던 것과 비할 수 없이 심한 행동을 했다고 말했다. 모두가 놀랄 수밖에 없었다. 입에 담기 어려울 정도로 심각한 수준이었기 때문이었다. 그때는 여기서 문제가 생길 것이라고 생각하지 못했다. 알고 보니 관심의 대상이 되지 못한 채 지내오던 아이가 상담소와 경찰조사 등을 거치면서 모두 자기 이야기에 귀를 기울여주고 놀란 반응을 보여주니 너무 신이 난 상태였던 것이다. 처음에는 사실만을 말했지만, 점점 과장한 묘사를 하고 없는 사실까지 지어내고 있었다. 다만, 내게 처음으로 말했던 것들은 사실이었고, 여전히 분명한 성추행이었다. 하지만 결국 재판부는 진술의 중요부분에서 아이가 거짓말을 하였기에 진술에 신빙성이 없다고 보고 아버지의 성추행 혐의에 대해 무죄를 선고했다.

아빠의 성추행이 무죄가 되었기 때문에 아이는 아빠에게 돌아가서 지내야 하는 상황이 되었다. 하지만 아이가 그 상태에서 돌아간다면 아이에게 너무 가혹한 결과가 될 것이라고 생각했다. 형사상 무죄가 되었다고 하더라도 추행한 사실이 없었다고 보기는 어렵고, 아이의 진술로 아버지가 구속이 되어 형사재판을 받은 상황이었기 때문이었다. 이런 상황에서 아이가 다시 본가로 돌아간다면, 아버지가 아이를 받아주더라도 아버지 이외의 다른 식구들이 아이를 어떻게 볼지 걱정될 수밖에 없었다. 아이가 이런 환경에서 제대로 자랄 수 없다고 재판부를 설득했고 재판부도 나의 주장을 받아들였다. 이렇게 양육권이 엄마한테로 넘어오게 되나 싶었다.

그런데 판사님이 판결을 내리려는 순간, 옆에 앉아 있던 엄마가 '나는 아이를 키울 수 없다'고 말했다. 나를 포함한 모두가 어안이 벙벙해져서 엄마를 바라봤다. 엄마는 다시 한 번 '아빠가 키우도록 해라'고 단호하게 말했다. 시간이 정지된 영화 같았다. 내가 '제발 가만히 있으라'는 뜻으로 허벅지를 꼬집었지만 표정의 변화조차 없었다. 내가 판사님에게 '안 된다. 아빠가 키우면 안 된다'고 하니, 판사님이 나를 보고 '당사자가 그렇게 이야기하는데 변호인이 왜 그러냐'고 이야기했다. 허탈하지만 받아들일 수밖에 없었다.

친권양육권은 그대로 아빠가 가지고 갔다. 재판을 마치고 법정 밖 복도로 나오니 '지금까지 무슨 일을 한 건가'라는 생각이 들었다. 그런데 복도에서 창밖을 멍하니 바라보던 엄마가 '변호사님 저 잘한 걸까요'라고 말했다. 법정 안에서는 아이를 넘기고 법정 밖에서는 다른 말을 하는 엄마의 모습에 너무 화가 나는 동시에 본인의 물질적 여유가 부족해서 결정하지 못하는 것일까 하는 안타까운 마음이 일었다. 그렇게 그 사건은 종결되었다. 그리고 1년 뒤 한 변호사님으로부터 전화를 받았다. 알고 보니 그 엄마는 그렇게 양육권을 포기하고도 아이를 돌려보내지는 못하고 또 다른 변호사 사무실을 전전하고 있었다.

이 사건은 책에서 배운 것보다 훨씬 많은 것을 알려줬다. 변호사는 의뢰인의 진짜 진실을 모를 수 있다는 사실과 의뢰인의 속마음과 말은 서로 다를 수 있다는 것, 그리고 그 사이에서 변호사는 의뢰인의 편에 서 있으면서도 다양한 관점으로 많은 가능성에 대비해야 한다는 점이었다. 아직도 십 년 전 그 사건을 떠올리며 그때의 교훈을 되뇌곤 한다. 의뢰인의 처지를 내 입장에서 판단하지 말 것, 사건의 진실은 아무도 모를 수 있다는 것. 그리고 그 과정에서 변호사로서의 역할에 대하여.

낯선 아내의 모습

사랑하는 나의 연인

아직도 눈에 선한
책가방 메고 다니던 풋풋한 모습….

사랑하는 나의 신부

새하얀 드레스를 입고 나만을 바라보던
천사같던 모습….

사랑하는 나의 아내

두 아이를 품에 안고 행복해하던
가슴 찡한 모습….

너와 함께한 시간만큼,
너에 대해 잘 안다고 생각했다.

모든 것을 안다고 생각했다.

그런데 왜, 요즘의 너는…

왜 이렇게 낯설지.

여보~워크샵
잘 다녀
올게~!

주말인데 또
일하러 가서
미안해~

조금 진해진 것 같은 화장,
어딘지 모르게 예뻐진 느낌.

행복하고 밝아 보이는 표정.
…이상하게 낯선 얼굴.

엄마 왜 맨날 일하려가~

응, 잘 다녀와~

미안해~ 아빠랑 잘 듣고 있어~!

엄마는 맨날 바빠.

알고 있다.
마음 속 깊은 곳에서는 알고 있다.

아빠~ 배고파~

칫, 엄마는 일하는 것만 좋아해….

응 그래 밥먹자~

아직 인정하지 못한 것 뿐이다.

아내가 외도를 하고 있다는 것을….

저 이제는 받아들였습니다. 아내가 외도 하는거….

처음 눈치 챘을 때 빨리 대처를 했어야 했는데….

바보같이 인정 못하고 질질 끌다가… 이제서야 왔어요….

그러셨군요….

지금이라도 오셨으니 다행입니다….

외도는 전부터 알았어요. 둘이 주고받은 문자도 몇 개 찍어놓은게 있고…

근데 그냥 가벼운 바람이겠거니 했어요….

그런데 얼마 전… 컴퓨터를 하는데

메신저가 아내 계정으로 자동 로그인이 되어 있었나 봐요.

메시지가 오더라구요.

너무 확실한 외도의 증거였죠….

자기야 우리 사진 잘나왔네. 자기는 무슨 여신이야..

제가 충격을 받은 건 그 다음 메시지였어요….

얼른 정리하고 나한테 와… 빨리 같이 살고 싶다..

…뭐…?

…보통 사이가
아니었어요.
둘이 결혼 이야기를
하고 있었어요….

가벼운 바람이겠거니,
내가 더 잘하면
돌아오겠거니
생각했었는데…!!

아내분에게는
아직 대화를
못해보신 건가요?

아니요,
그 문자 보고
정신이 번쩍 들어서,
아내에게 처음으로
이야기를 했어요.

외도하는거
다 안다고…
사실 전부터
눈치채고 있었는데
말 못했었다고….

뭐라고
하시던가요….

아내는 담담하게 인정했어요.

…눈치챘구나.

맞아…. 언젠간
말하려고
했는데….

저는 무릎 꿇고 빌었어요….

여보, 내가
더 잘할게.

내가 더
잘할게, 제발…

그동안
섭섭하게 한 거
많았던 거 알아.

미안해. 나…

216

그렇게 이혼소송이 시작되었다.

곧 재판이
시작하니
준비해
주십시오.

많이 힘들지?
고생시켜서
미안해….

아내와 상간남은 이미 부부처럼 행동하고 있었다.

의뢰인은 무너지는 가슴으로
그 상황들을 감당하고 있었다.

상간남은 거액의 위자료도 받아들였다.

김철수씨는 원고 전민수씨에게 위자료 오천만 원을 지급합니다.

…네, 알겠습니다.

둘은 각오를 하고 왔는지 법원의 의견에 반발 없이 따랐다.

네, 그렇게 하겠습니다…

네.

네.

하지만…

제, 제가 아이들을 키울 수 없다고요…?

왜요? 아이들 당연히 엄마가 키우는 거 아니었어요?

아이들은 평소에도 아빠가 더 많이 돌보았고 이혼사유도 피고쪽에 있습니다.

아버지가 키우는 것으로 결정났습니다.

피고는 양육권은 엄마에게
유리하다는 말만 믿고 있었던 것이다.

내가 엄만데!!
왜 내 애들을
내 맘대로
못해요!!

이건 아니야!!!
애들 내가
키울 거야!!!!

···이미 재판은
끝났습니다.
양육권은 번복되지
않습니다.

울부짖던 피고는
바닥에 무릎을 꿇고 빌었다.

그러자 상황을 지켜보던 판사님은 말했다.

제발 아이들을
제가 키우게
해주세요. 제발···

제가 잘못
했습니다.
아이들만은···

피고,
그렇게 바람
피우면서···

본인이
피눈물 흘릴 날이
있을 거라고는
생각 못했나요.

그렇게 이혼사건은 종결되었다.

아이에게는 '엄마' 혹은 '아빠'보다
보호자가 필요했다.

의지할 데라곤 나 하나뿐인 사람

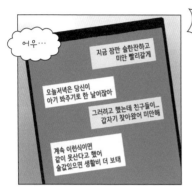

…그때서야 깨달았습니다.

심각한 일이었구나….

그렇게 이혼소장을 받았을 땐…
이미 아내의 마음이 돌아서버린 후였어요.

주변에서 얘기할 때
더 진지하게 알아들었어야 했는데….

용수야
아내가 계속
못살겠다고
하는 거
쉽게 생각하면
안된다.

애보는 거
진짜 힘들어,
우울증도
오고.

네 선배님
잘 알겠습니다!

근데 우리 마누라
세상에 의지할 곳은
저 하나뿐이라서요!
어디 못가요~ 하하!

장인, 장모님은 두 분 다 돌아가셨어요.

아기 가지고 나서는 직장도 그만뒀어요.

…당연히, 아내는 내 여자고

우리 아들 엄마이고

우리 집사람이라고 생각했는데….

세상천지에 의지할 곳은

나 하나뿐이라고 생각했는데….

그래.
당신 말이
맞아.

의지할 곳은
당신뿐인거
맞지.

당신 곁을
벗어나면 난 아주
힘들어지겠지.

살 집도
없어지고

먹고사는 거
힘들거고

애는 죽어도 내가 키울건데

어린이집도 옮겨야 하고,

학교도 혼자 보내야 되겠지.

정말 많이 힘들겠지 모든것이.

그걸 다…

각오하고… 이혼하자고 하는 거야….

여보.

정말 진심이야?

진짜 이혼하겠다는 거야???

듣고 있는 거야??

말도 안되는 소리 하지 좀 말고!

아무리 사과해도, 듣지를 않습니다.

내가 노력할게, 제발 화 풀어.

내가 노력한다고 하잖아.

마음이 완전히 돌아선 것 같아요.

만약 이혼하게 되면…
재산분할은 어느 정도
되나요…?

재산이라고는…
지금 살고 있는
집 하나….

팔아서 나눠봤자
얼마 안 나옵니다…
그 돈으로는 제대로 된 집
구하기도 힘든데….

설득해 봐도 다 안다고
가오했다고만 하네요….

단칸방에서 살려는 건지….

도와줄 사람 하나 없는 거 제가 다 아는데
혼자 어떻게 살아갈지 뻔해서….

아내랑 애랑
둘이 가난하게 살고
그런 거 생각하면
미칠 거 같고…

제가 나쁜
놈이죠….

그런 마음까지
먹게 한 게
너무 미안하고…
이혼은 절대
할 수 없습니다.
진짜로….

실제로…
많은 여성분들이
이혼 후에 '극빈자' 층으로
떨어집니다….

재산분할을
아주 넉넉하게
받지 못하면…
생계가 막막해지는
경우가 많아요….

예….

…어떤 분은
이런 말씀을
하셨어요.

자기한테 이혼은
사회적으로 한번
죽는 거라고.

애랑
어떻게 살지…
너무도 두렵다고.
정말 죽을 결심으로
이혼한다고…

그 정도의 결심을
한 사람에게…

그냥 노력하겠다는 말은… 공허한 것입니다….

어 알았어~
담부터 할게.

나도~
노력중이야!!

……

아내분 입장에서는.
노력한다는 말은 전에도 많이 들으셨을 테니까요….

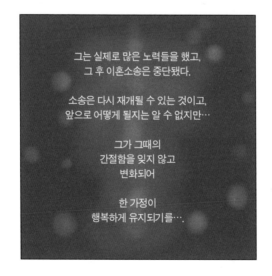

그는 실제로 많은 노력들을 했고,
그 후 이혼소송은 중단됐다.

소송은 다시 재개될 수 있는 것이고,
앞으로 어떻게 될지는 알 수 없지만…

그가 그때의
간절함을 잊지 않고
변화되어

한 가정이
행복하게 유지되기를….

가정에서 소외된 사람들

이혼소송을 진행하며 다른 가족들로부터 소외된 안타까운 가장들을 만나곤 했다. 가정을 위해 밤낮없이 일하다가 가족과 시간을 보내지 못한 사람들이었다. 이들은 결국 가정으로부터 소외되고 이혼을 요구받았다. 가족 입장에서는 가정에 소홀하고 일밖에 모르는 사람이었겠지만, 당사자 입장에서는 가족의 의식주를 위해 밤낮없이 충실했던 가장이었다. 이들은 자신을 빼고 똘똘 뭉쳐 있는 가족을 어느 순간 발견하게 되고 스스로를 '이방인'처럼 느꼈다.

정글 같은 사회에서 살아남기 위해 발버둥치며 돈을 벌었지만 아무도 고마워하지 않고, 오히려 성인이 된 자녀들이 앞장서서 '당연히 이 정도는 해줘야 한다'고 보채는 가족도 있었다. 한 의뢰인은 대학원 공부, 취직을 위한 학원 비용을 주지 않는다고 무능한 사람으로 치부 당했다. 이럴 때 이혼을 하면 집 밖에서 일만 했던 상대방은 자녀들과의 서먹한 관계만 남은 채 곁에 아무도 남지 않는다. 오히려 나머지 가족들은 관계가 유지되어 상대적으로 정신적 여유가 있었다. 의뢰인들은 자녀들도 아무 소용이 없는 것 같고 지금까지 살아온 인생 전체가 부정 당하는 기분을 호소했다. '이혼을 하고 면접교섭을 하면 부모님이 지금보다는 손주를 더 자주 볼 수 있을 것 같아서요' 라고 힘없이 말하던 젊은 의뢰인이 있었다. 이 가정은 처갓집에서 돌봄을 돕고 있었다. 하지만 점점 가정의 중심이 '처갓집'이 되었고, 가족의 일상은 주중과 주말 가릴 것 없이 처갓집 식구들과의 일로 채워졌다. 부인은 주중은 물론이고 주말마다 처갓집에 가는 것은 당연하게 생각하면서 시부모님이 집을 오는 것은 극도로 싫어하거나 손주를 보여주는 것조차 꺼렸다.

관계가 깨지는 데에 결정적인 잘못은 한쪽이 했을 수 있지만 그렇게 되기까지의 과정에서는 여러 갈등이 겹겹이 쌓여지는 것이다. 그런 갈등의 과정에서 누군가가 소외감을 느끼고 있다면 그 가정은 유지될 수가 없다. 소외된 자가 있는 울타리는, 울타리에 구멍이 있는 것이니, 울타리로서의 기능을 이미 상실한 것이기 때문이다.

색칠 공부

부정행위로 소송이 벌어지면,
숙박업소에 출입한 행적이 드러나 질문을 받게 된다.

피고.

네.

피고는 아무개 씨와
5월 18일 21시에,
호텔에 함께
들어가셨지요?

그 대답으로
굉장히 황당한 답변들을 듣기도 한다.

예… 들어간 것은
사실입니다.
하지만…

….

또 어떤 사람은 이런 변론을 했다.

업무적으로 진지하게 상의할 게 좀 있었어서 조용히 이야기를 해야 하는데

찾던 중에 호텔이 가장 조용해서 들어갔어요….

예, 정말 심각한 일이죠. 그 부분을 그럼 앞으로 어떻게 하실 생각이신가요?

…이렇게…?

진지

심각

네, 제 생각으로는 일단 그 계약은 파기하는게 좋을 것 같고요.

음….

정말 속보이는 변명이지만,
안 하는 것보단 낫기 때문에
열심히 주장한다….

그러던 중 정말 귀를 의심하게 만드는
변론이 있었는데…

예, 저희가 그날
호텔에 둘이 같이
들어간 것은
사실입니다.

그런데

?

색칠공부를
하기 위해!

호텔에 함께
들어갔던
것입니다!

…결과는 물론 위자료 지급으로 나왔다.

그런 변론을 하는 상대방을 지켜보는
의뢰인의 심정이 어떨지 헤아리면…

나까지 쓴웃음을 짓게 된다.

3장
~~~~~

만남은 선택,
이별은 결심

아이를 키우려는 사람들

변호사님, 이혼하려고요.

양육권은 당연히 저한테 오죠?

네, 그런데 상황에 따라서 다르기도 합니다.

이혼을 원하는 의뢰인께서 찾아오셨다.

아 그래요? 우리 딸 죽어도 제가 키울 건데!

지금 이미 친정으로 애랑 같이 나왔어요.

아아, 별거중이시군요.

저는 뭐 돈도 안 바라고요. 딸이 가장 중요해요.

그 인간 손에 들어가면 우리 딸 절대 제대로 못 커요. 맨날 술 먹고

변호사님, 꼭 부탁드려요.

네.

법무법인 신세계로

변호사님!!!! 어떡해요!!!!

무슨 일이세요!

딸이 납치당했어요!!!

네에?!!?

변호사 조 인 섭

며칠 후, 의뢰인에게 다급하게 전화가 걸려왔다.

엄마랑 나랑 애기랑 식당에서 밥 먹고 있는데…

- 며칠 후 -

변호사님!! 저예요!!

네네, 무슨 일이라도…!

우리 딸 지금 저랑 같이 있어요.

변호사 조인섭

아 그래요?! 남편분이 데려다 주셨어요?

아니요, 공원에서 놀던 아이를 데려왔어요.

네에…?

우리 애가 공놀이를 좋아해서 주말마다 꼭 공놀이를 해야 했거든요.

앗, 저기 온다….

틀림없이 근처 공원에서 공놀이 할 것 같아서 주말 내내 공원에서 잠복했죠.

어이쿠 우리 공주님!

아빠한테 안 주고 나무에다 줬어? 허허허.

데굴…

애 아빠가 공 잡으려고 잠깐 눈 돌렸을 때

애기 데리고 왔어요.

그리고 걱정대로 며칠 후,
남편이 의뢰인을 형사고소했다.

그렇게 서로가 형사고소 되어 있는 상태로,
서로 아이를 키우기 위해 계속해서 대립했고

의뢰인과 가족들의 삶도 너무나 피폐해졌다.

엄마,
왜 그래…?

응,
아냐아냐.

그러던 어느 날,
아이가 어린이집에서 집에 가려고 나왔을 때

장모의 품에 안겨 있던 아이를
아이 아빠가 또다시 낚아채 달아났다.

엄마는 거듭하여 미성년자 약취유인으로 남편을 고소했다.

그리고 재판은 결국 엄마가 키우는 것으로 끝났다.

아이를 미루는 사람들

양육권은 중대한 사항이다.

많은 부모들은 아이를 잃지 않기 위해
자신이 할 수 있는 모든 것을 한다.

양육비를 포기하는 분도 있고,

재산을 포기하는 분도 있고,

면접교섭을 자주 하게 해주겠다는 분도 있고,

자신의 전 재산을 다 준다는 분도 있었다.

제 의뢰인께서는 양육권을 절대 양보할 수 없다고 하십니다.

대신 전세 보증금을 상대방에게 모두 넘길 수 있다고 하십니다.

이러한 경우에는 변호사로서
의뢰인이 원하는 조건을 제시할 수밖에 없다.

하지만, 아이를 서로 미루는 상황도 존재한다.

웬 유모차가 문 앞에 있어…?

어머, 유모차 안에 애기가 있는데?!

이렇게 밖에 있어도 돼?

저기요~

가게 밖에 아기가 있어요~~!

에? 아…

하아아…

이런 제길….

애를 가게 앞에 두고 가버리면 어쩌라는 거야?

당신이 키워. 난 못 키워.

나도 못 키워!!

아 몰라. 나 지금 나가봐야 돼. 삑!

누구한테 애를 다 떠넘기려고 그래…?

끼이이익…

절대 그렇게 못하지….

그렇게 부부는 서로 아기를 미뤘다.

서로의 집 앞에 아기를 놓고 가기를 수차례….

보다 못해 설득을 해보았지만,
자신은 절대 키울 수 없다는 대답뿐이었다.

그러던 어느 날, 갑자기 남편이 정신병원에 입원했다.

정신병 환자는 아이를 키우지 않게 한다는
이야기를 듣고 그런 것이었다….

아이는 엄마가 키우는 것으로 결론이 났다.
아직도 문득 문득 떠올라,
내 마음을 착잡하게 하곤 한다….

고양이가 이상하다

다툰 후 일주일…
결혼한 지 삼 년 만에 처음으로 심하게 싸웠다.

아무리 사이 좋았던 연인이어도
부부가 되면 싸우는 날이 오는 걸까.
서로 화해를 위해 노력하고는 있지만…

오고있어?

응, 버스야. 왜?

배고프지?

앗, 카톡왔네.
웬일로 카톡을 다
보냈지…?

얼른와서 먹어.

맛있어~!!!

잘 먹으니까
기분 좋네.

아냐, 뭘…
더 자주 챙겼어야
하는데….

고마워….

어? 닐라다.

닐라야!
이리와~
엄마한테 와요~~
바닐라~~~~

빼꼼

간식 줄게
간식! 간식!

남편의 노력은 계속되었다.

잦은 야근에 늦게 집에 들어오면
식탁에 늘 무언가가 놓여 있다.

오늘은
화분인가….

몬스테라네….

갖고 싶다고
한 거 기억하고
있었구나….

먼저
잠들었네….

당신도 많이
피곤하겠지….

여보 정말
고마워….

토닥

우웅….
왔어…?

미안,
깨웠어?

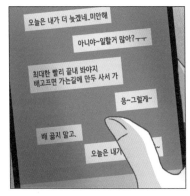

오늘은 내가 더 늦겠네..미안해

아니야~일할거 많아?ㅜㅜ

최대한 빨리 끝내 봐야지
배고프면 가는길에 만두 사서 가

응~그럴게~

배 곯지 말고.

오늘은 내가

아아…
피곤하다….

끼익-…

오늘은
내가 먼저
왔네….

냐아아아아!!!!

타
다
다
닷

261

여보~
나 왔어~
늦었지~

끼익ㅡ

어! 생각보다
빨리 왔네?

그때 남편이 들어왔는데

닐라가 제 품에서 오줌을 지리더라고요….
생전 그런 일이 없던 앤데….

어머머!!
이게 뭐야!!!

오줌을
싸네!!

벌벌벌….

네… 너무
겁에 질려서
그러는데

오줌
이요…?

말로만
들었지 저도
처음이었어요….

저런….

남편은
그걸 보더니 걱정하면서
동물병원 한 번 더
데려가겠다고
걱정 말라고 하는데….

느낌이 너무 쌔해서
제가 녹음기를 사서
틀어놓고 갔어요….

그게
이거예요….

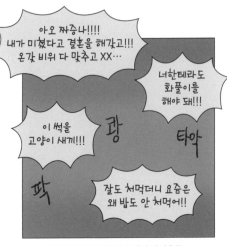

녹음기에는 남편의 음성과 타격음들.
고양이 학대를 하는 정황이 그대로 녹음되어 있었다.

변호사님…
이것도… 이혼사유가
될까요…?

네, 이혼사유가
됩니다….

예전에는 동물 학대를
대수롭지 않게 생각했지만…
점점 심각하게 받아들이고
있는 추세예요.

그렇군요….

이혼 소송에서 고양이를 학대한 정황은
이혼 사유로 받아들여졌다.

원고는 피고와
이혼을 하는 것으로

재판을
마칩니다.

의뢰인이 평화를 찾고, 반려동물과
행복하고 안정된 나날을 보내시기를….

엄마가
너무 몰랐어서
미안해~

냐~~

알수록 쓸모 있는 생활 가족법 상식

Q. 배우자가 동물을 학대한다는 사실만으로 이혼을 청구할 수 있나요?

A. 요즘은 반려동물을 자식과 같이 생각하고 키우는 경우가 많습니다. 사실 동물을 학대하는 성향을 가졌다면 그것만으로도 소름이 끼칠 일인데, 내가 자식과 같이 생각하고 키우는 반려동물을 학대한 것이라면, 배우자에 대한 신뢰가 완전히 없어질 만한 일이겠죠. 그러니 이혼사유가 되는 것입니다. 민법은 제840조에서 이혼사유를 정하고 있는데, 내가 키우는 반려동물을 학대하는 것은 '제6호 혼인생활을 유지하기 어려운 중대한 사유'에 해당할 수 있는 것입니다. 서로간의 신뢰가 없어질 행동인 거죠. 그래서 파탄되었다고 보고 이혼이 가능한 것입니다.

강아지 면접 교섭권

변호사님, 저 좀 도와주십시오!!

네~ 무슨 일이신가요?

제가 이번에 가게를 오픈해서 집안에 좀 소홀했어요.

정신없이 바쁘다보니 귀가도 늦고, 아내랑 대화도 많이 못하고….

그랬더니 한달 전쯤 아내가 짐을 싸서 친정으로 가버렸습니다.

며칠전엔 이혼소장까지 날아왔어요….

저는 이혼을 원하지 않습니다! 이런 경우엔 어떻게 해야 하나요!!

음, 이혼의사가 없다는 것을 주장하여 이혼 기각을 구해볼 수 있어요.

의뢰인은 아내의 마음을 돌리기 위한
노력을 시작했다.

부부관계 회복에 관한 책도 사서 읽고,

답장이 오지 않아도
아내에게 계속 문자를 보내고,

아내가 좋아하는 선물을 보내기도 했다.

그리고 대망의 첫 조정기일!!

자, 그럼 조정을
시작하겠습니다.

제 의뢰인은
이혼을 원하지 않습니다.
진심 어린 노력도
하고 계시고요.
아내분께서는
다시 한 번
생각해 보실 수
없을까요?

여보,
내가 잘할게!!
제발 나에게
기회를 줘!!

드디어 몇 달 만에 의뢰인과 아내는 만나게 되었다.
아내분은 화가 좀 누그러진 기색이었다.

흠… 좀 더
지켜보고 싶긴
하네요.

같이 살 땐
못 보던 모습들이어서요.
근데 아직 전부 믿지는
못하겠어요.

그렇다면,
당장 판단을 보류하고
좀 더 고민해 보시는 건
어떨지요?
삼 개월 정도?

흠, 좋아요.

의뢰인께서
강아지를 너무
그리워하십니다.

일주일에 한 번,
강아지만이라도
면접교섭이
가능할까요?

…흠, 맞아요,
자식처럼 생각하고
키웠는데 못 보는건
너무 잔인하겠죠.

솔직히
우리 서영이가
너무 예쁘기도
하고….

그렇다면,
아내분께서도
그렇게 생각하시니,
월에 세 번정도
주말마다
강아지를
면접교섭 하게끔
하겠습니다.

판사님
감사합니다!

그렇게, 다행히 의뢰인은
강아지를 면접교섭 할 수 있게 되었다.

의뢰인은 아내에게 용서받기 위해
꾸준히 노력했다.

그렇게 삼 개월이 지나고, 좋은 소식이 들려왔다.

그렇게 그 사건은 이혼하지 않는 것으로
잘 마무리되었다.

애견인들의 입장을 이해하고 현명한 판결을 내려주신
판사님에게도 고마운 마음이 들었다.

삶의 동반자, 반려동물

내가 처음 변호사 생활을 시작할 때만 하더라도 반려동물이라는 개념조차 없었다. 법학을 처음 배울 때 동물은 '물건'으로 취급된다고 배웠고 지금도 법적으론 '물건'으로 취급된다.

과거에는 이혼 시 자녀들조차 이혼의 큰 부분을 차지하지 않았기에 반려동물을 배려한다는 것은 상상할 수도 없었다. 자녀들에 대한 양육비를 꼭 줘야 한다는 개념도 별로 없었고 주더라도 금액이 작았으며 면접교섭을 하는 경우도 드문 상황에서, 강아지나 고양이 등 반려동물을 생각한다는 것은 있을 수 없는 일이었던 것이다. 내가 접한 수많은 이혼소송 중, 강아지나 고양이가 나온 것은 폭력적인 남편이 집에서 키우던 강아지를 차버려서 아이들이 울었다는 정도였고 강아지를 누가 키울지에 대해서 다툼이 있었다거나, 키우던 강아지를 만나고 싶다는 말 등은 나온 적도 없었다(!).

하지만 점차 시간이 지나면서 반려동물이라는 용어가 흔하게 사용되기 시작했고, 동반자라는 인식이 늘어나며, 감정을 교류하는 자식 이상의 관계로 생각하게 되었다. 자녀 없이 반려동물을 키우는 부부가 생기면서 반려동물 면접교섭이라는 이야기까지 나왔다.

그러나 아직도 우리나라 법은 반려동물을 '물건'으로 취급하고 있기에, 반려동물에 대한 면접교섭 등에 대해서 판결이 내려진 바가 없다. 앞선 에피소드는 조정으로 끝난 사안이기 때문에 조정문구에 "반려견과 시간을 보낸다"는 문구가 들어가기는 했으나 조정으로 끝나지 않고 판결로 갔다면 그런 문구는 기재되지 않았을 것이다. 우리나라 법원은 매우 보수적이기 때문이다.

아직은 보수적인 법원이지만, 과거에 미성년 자녀에 대하여 그다지 관심이 없었던 분위기가 바뀌며 (아직은 부족하지만) 미성년 자녀의 양육비나 면접교섭 등이 많이 현실화되고 미성년 자녀의 복리를 최대한 생각하는 분위기로 바뀌었다는 것을 생각해보면 가족과도 같은 반려동물에 대해서도 점차 분위기가 바뀔 것이라고 생각한다.

내가 한국가족법학회의 일원으로서 영미법학회 활동을 하며 『Family Law in America』라는 책을 읽었을 때, 매우 충격적이었던 것은 미국의 1970년대 혹은 1980년대의 시대상과 지금의 우리나라가 매우 비슷하다는 것이었다. 예컨대 미국도 과거에는 유책배우자는 이혼을 요구할 수 없었으나 지금은 가능하고, 재산분할 대상에 포함되지 않았던 장래소득이 이제는 포함되는 등 여러 가지 부분에서 비슷한 흐름으로 따라가고 있었다. 우리가 미국의 법을 따라가려고 의도했다기보다는, 사회가 발전하고 사람들의 생각이 다양해지고 넓어지면서 자연스럽게 비슷한 흐름으로 나아가는 것이라고 생각한다. 지금 미국에서는 반려동물을 누가 키울지에 대하여 다툰 사건도 있고, 반려동물을 키우지 못한 사람에 대한 면접교섭도 인정해주고 있다.

우리나라도 과거 먹고 살기 힘든 시절에는 반려동물이라는 말조차 없었으나, 이제는 내 인생의 반려자로써 강아지와 고양이를 생각하는 시대가 되었다. 이제는 가족과 같은 대상이다. 그런 대상을 누가 키울지 혹은 그런 대상을 정기적으로 만날 수 있는 권리에 대해서도 진지하게 이야기해야 하지 않을까. 반려동물 인구가 천만 명을 넘어서고 있는 시점이다. 아마 우리나라에서도 곧 반려동물의 양육권, 면접교섭 같은 용어가 사용될 날이 올 것이다.

팔은 안으로 굽는다 1

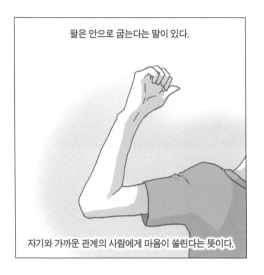

팔은 안으로 굽는다는 말이 있다.

자기와 가까운 관계의 사람에게 마음이 쏠린다는 뜻이다.

변호사로 일하다 보면
그런 속담이 생각나는 상황이
종종 벌어지기도 한다.

변호사님
안녕하셔요~

네, 안녕 하세요.

아휴 우리
아들 때문에
왔는데…

아들은
오늘 못 오고
나만 왔어요

아아,
그러시군요…!

왜, 왠지
마음의 준비가
필요할 것
같다…!

며느리가 이혼하자고 난리를 치는데. 남편이 무책임하다나 뭐라나. 허이구…

첨부터 며느리가 맘에 안 들었어. 애가 이해심이 많이 부족해. 기어이 이렇게 집안을 어지럽히네.

네에….

느낌이 좋지 않다….

그러시군요…. 이혼사유가 될 만한 일이 있었나요…?

살다보면 섭섭한 일도 좀 생기고 그러는 것이지.

그걸 여자가 이해를 못해주고 지난일 계속 트집잡고 며느리가 문제야!!

네에… 많이 속상하시겠어요….

그. 무슨 일이 좀 있었던 것 같은데…?

법무법인 신세계로

그… 몇 년 전에 아들이 바람을 좀 피웠는데,

다 지나간 일이고.

남자가 한 번쯤 그럴 수도 있고.

아…

그걸 가지고 이혼을 하자고 난리를 치고… 가정에 불화를 일으키고 말이야.

그까짓 일로 무슨 이혼!!

여자가 좀 참을 줄도 알아야지.

이혼은 무슨 집안 망신에 못 살아요.

이럴 땐 참 곤혹스럽지 않을 수 없다….

팔은 안으로 굽는다 2

이번에는 한 나이 지긋한
남성분께서 찾아오셨다.

안녕하십니까
변호사님!
우리 딸 때문에
왔습니다.

네
안녕하세요~

끼이익―

우리 딸이 결혼을
잘못 했어요.

지금 이혼한다고
난리예요.

네~

근데
나는 오히려
잘된 것 같어!

나는 처음부터
반대를 했었그든.
내가 살아보니까

내 삶의 경험상
김가들이 문제야.
주변에도 보면 김씨들이
꼭 사고를 쳐!

…느껴진다….
안으로 굽는
팔이….

가정에 어떤
불화가 있었나요?

불화야 다
원인은 그놈이지.

네에,
구체적으로
어떤….

280

남자가 능력이 없으면 여자가 맘이 식게 되어 있어요.

내 딸은 잘못이 없지!!

남편이라는 놈이 돈도 못 벌어오고 원래 못 살 가정이었어~!

역정

왠지… 여자 분이… 바람 피운 것 같은데…!

이혼전문 변호사의 직감

흠, 그, 지금 딸애한테 매달리는 남자가 있어.

역시 맞구나!

내 딸이 워낙에 미인이고…

바람이라고
말하기가 뭐한 게.
남편이 능력이 없으니까
내 딸이 맘이 식은 거지.

나는 근데
그놈이랑 새출발 했으면
좋겠거든요.

아…

변호사님,
그래서 말인데,
지금 네 살짜리 애가
하나 있는데 그걸 남편이
키우게 하고 싶소.

내 딸 새출발하는 데
걸림돌이 되잖습니까.
김씨 집안 자식을 우리가
왜 키웁니까?

뭐 번거로운 거
싹 그쪽으로
돌려달란 말이오.
내 딸에게
피해 없도록.

딸에게
불리한 것은
숨기실 것 같다….

이 분이
사실 그대로를
말하실까…?

당사자는
정말 이것을
원하는 걸까…?

정확한 변호가
가능할까…?!

지나치게 안으로 굽는 팔은,
변호사로서 참 곤란한 것 같다….

팔은 안으로 굽는다 3

이번에는 남동생 대신 누나가 상담을 오셨다.

변호사님…
남동생한테
소장이
날라왔어요.

올케가
이혼하자고
보냈대요.

이혼사유가
남동생이 자길
때렸대요.

병원도 갔다고
진단서도 보내고

변호사님
근데 제
남동생은

누굴 때리고
그런 아이가
아니거든요.

네에….

올케가 첨부터 너무
버릇이 없었어요.

조금만 맘에
안들어도
소리를 바락바락
지르고

보살이
아니고서
어떻게 가만히
있겠어요.

의뢰인 대신 가족분이 오실 때에
팔이 안으로 굽는 일이 많이 일어난다.

당사자를 만나게 되면 비로소
많은 이야기들을 들을 수 있게 된다.

복잡다난한 각자의 사연들.
쉽사리 잘잘못을 가릴 수 없는 삶의 이야기들.

…가끔, 정말 안하무인이고 이기적인 경우는
변호가 힘들 때도 있지만…

내 아들 바람좀 피운게
뭐 그리 잘못이란 말이요?
안 그러고 사는 사람
어디 있다고?

네에… 어머니,
그래도 법적으로…

아이고 정말
못하겠다….

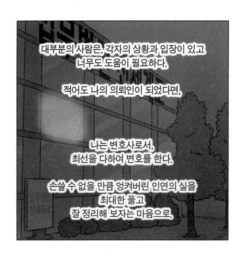

대부분의 사람은, 각자의 상황과 입장이 있고
너무도 도움이 필요하다.

적어도 나의 의뢰인이 되었다면,

나는 변호사로서,
최선을 다하여 변호를 한다.

손쓸 수 없을 만큼 엉켜버린 인연의 실을
최대한 풀고
잘 정리해 보자는 마음으로.

황당한 전화

여느 때처럼 일을 하고 있던 어느날
사무실로 전화 한 통이 걸려 왔다.

나이가 지긋하신 변호사님이었다.

어려워 보이는 변호사의 세계도
알고 보면 다 똑같은 것 같습니다….

유리하게 해주셔야겠습니다

한 이혼사건의 조정기일.

다 모이셨으면 이혼 조정을 시작하겠습니다.

오늘은 재산 분할에 대해 조정을…

예. 재산분할 조정해야죠. 그런데,

우리 쪽에 **유리하게** 조정을 해주셔야 됩니다.

진지

지지 않는다!

재판장에서 변론을 하다 보면,
변호사들 간에 미묘한 기싸움이
생기는 것도 사실이다.

그런데 가끔은
기싸움을
넘어서

기를 꺾어 버리려고
무리수를 두는
변호사를 만나기도
하는데…

원 고 석   피 고 석

말빨로 이겨보려는 변호사가 나타난 것이다…

원고는 피고에게 이러이러한 손해를 끼치고 이러이러한
고통을 준 것은 사실이나 그것은 사실 이러이러한 일들
이 있었기에 벌어진 일이므로 원고에게 그 모든 책임을
전가하는 것은 사리에 맞[...]서 그 이러이러한 일들을
저러저러한 이유들로[...]야 하는 것이지 그것
을 가지고 지금처럼 [...]에게만 잘못을 묻는
것은 매우 잘못된 것[...]과 현실을 전혀 배려
하지 않은 것이며 그[...] 원고의상황을 배려
하여 다시[...] 피고는 상황을 본인
에게 유[...]하여 [...]말은 숨기고 저러
저러한 일[...]고 [...] 사실이 맞기는
하지만 사[...] [...] 숨기려는 의도
가 다분하다[...] [...]로 현재 이 재판
에서 이러이러 저러저[...] 내가 우연히다툰
그 날이우워 너와나[...]없고 날 피하는
것같아 그제서야 난느낀[...]이잘못 되있는걸

그녀의 변론은 계속해서 그런 식으로 진행되었다.

내가 할 말만 간추려 변론을 하고 나면,

…라고 합니다.

……

기다렸다는 듯이

엄청나게 많은 말을 쏟아내는 것이다.

이런 식으로
기를 눌러보려는
의도이군….

…결국 그 재판은 나의 승소로 끝났는데

나가는 길에
욕설을 중얼거리는 것을 들을 수 있었다.

XX, 뭐 이런
X같은경우가
다 있어…?

변호사는 변호를 하는 사람이지
사람을 몰아붙이고,
욕설을 하는 사람은 아니지요….

기분은 좋지 않지만,
승소의 기쁨으로
마음을 가다듬어 봅니다.

짠돌이 남편

오늘 진짜 반갑고 좋았다 그치?

응 흐흐흐 1년치 수다를 하루 만에 떨었어!

얘들아~ 잘 가고~ 난 화장실 좀 들렀다 갈게!

아 그래? 그래~ 다음에 봐~

…

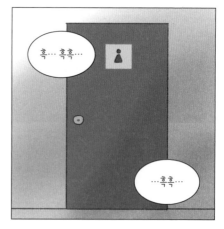

흑… 흑흑…

…흑흑…

자기 일 열심히 하고,
건전하게 사는 모습이 좋았어요.

똑부러지고 꼼꼼한 모습에
많이 의지가 되기도 했고요.

결혼할 땐 다들 부러워했어요.

결혼하고서도 처음엔 잘 몰랐어요.

에그.
이리 줘봐.

그렇게 하는 게
아니지~

틱!

수진이는
나 없으면
어떻게 살꼬?

이렇게
모든 게
서툴어서.

헷…

절 보살펴주는 그 사람의 방식이라고 생각했죠.

그런데 매일 조금씩…
과해지기 시작했어요.

집에서 뭘
어떻게 하길래
공과금이 이렇게
많이 나와?

응?
많이 나왔어?

어휴, 수도세고
가스비고…

따로 샤워하지 말고
지금 씻어! 목욕물 아직
따뜻하니까.

응?
지금?

지금 내가
받아놓은
물로 씻으라고.

지금 안하면
또 뜨거운 물
쓴다고 가스비랑
수도세 나가잖아.

사소한 것들도
다 본인 마음에 들어야 했어요.

그런 성향은 점점 심해져 갔어요.

절약에 대한 남편의 집착은 점점 심해져서

밥도 제대로 먹지 못하게 하는
지경까지 되었어요.

서러웠지만, 일하느라
예민해진 거라고 생각하고 참았어요.

하지만 나아지지 않았죠.

많이 속상했죠. 화도 나고…
그래도 참았어요… 남편이니까…

하지만… 남편은 점점 더 심해져서
절 따라다니면서 집착을 하기 시작했어요.

안 쓸 땐
코드
다 빼라니까!!

스위치
껐잖아….

코드를
빼라니까!!
꽂아 놓지말고!!!

그쯤 되니 저도 더 참기 힘들더라고요….

그만 좀 해!
당신 진짜
너무 심해.
나한테!!

제대로 먹지도
못하게 하고!!!

사람 취급도
안 하고 있잖아!!

그랬더니, 절 때리더군요.

이게 어디
대들어?!

꺄악!!!

…그렇게
얻어맞고서야
여기로 왔네요….

정말 고생
많으셨네요….

말하고 나니까
저 참 미련했네요.
맞을 때까지
뭐하러 참았는지…

잘 오셨어요.
그렇게 살 수는
없지요….

남편은 뒤늦게 용서를 구했지만,
돌이킬 수는 없었다.

원고와 피고는
이혼하는 것으로
판결을 마칩니다.

여보, 내가
잘못했어….
용서해줘!!

……

여보! 여보!
정말 이혼할 꺼야?

남편은 뒤늦게 용서를 빌었지만,
돌이킬 수 없었다.

아가
많이 먹어라.
여기 닭다리
있어.

또 뭐
시켜줄까?

헤헤…
아니야 엄마~
고마워~!

고생 많았던 의뢰인의 앞길에
꽃길만 있기를 기원해 본다.

뻔뻔한 외도

그 이름을 듣자마자

눈을 번쩍 뜨더군요….

남편분께서
외도를 인정하셨나요?

아니요,
남편은 한 번도
인정한 적 없어요.

그때도
눈을 번쩍 뜨더니
이러더군요….

그냥
직장 동료야~

부시시…

아무한테나
저래 ㅎㅎ
좀 특이한 애야.

남편은 한 번도
스스로 인정한
적 없어요.

절대
아니라고…

이렇게
여기 찾아온 것도
그 여자 덕분이죠.

그 여자분이
말을 했어요?

네… 하하
정말 어이가 없는데

저 지금
여기 온 이유도
그 여자 혼내주고 싶어서
온 것도 있어요.

자려고 누웠는데 누가 제 페북으로
메시지를 보냈어요. 잘 지내시냐고…
친추도 보내고…

제 남편이랑 같이 찍은 사진들이
쭉 올라가 있더군요…

?

오빠랑 1주년~ 제주 바닷가에서 ㅎ

…뭐야…
이게…

…하…?

그래서 누군가 하고 들어가 보니까…
아 또 생각하니까 손이 부들부들 떨리는데…

장장 1년이 넘게요…

둘이
자주 외식하고
여행가고…

야근이다
출장이다
나에게는
거짓말하고…

1년 동안…
절 속인 거죠….

제가 얼마나
우스웠으면
그럴 수
있었을까요…?

아이들을 생각하며 애를 쓰는
의뢰인의 얼굴을 보며,

......

과거에 마음이 아팠던 사건이 떠올랐다.

그 사건은 아이의 연령대가 높았다.

그리고 너무 많은 것들을 목격하고 말았다.

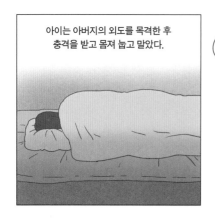

아이는 아버지의 외도를 목격한 후
충격을 받고 몸져 눕고 말았다.

변호사님…
아이가 학교도 못 가고
밥도 못 먹고
몸져 누웠어요….

제 마음이
찢어 집니다…
제가 대신
아프고 싶습니다….

…너무 많이
힘드시겠어요…
무슨 일이세요….

애가 남편이
불륜녀랑 통화
하는걸 들었어요….

그걸
녹음까지 했네요.
애가….

아아…
그런 일이
있었군요….

저질스러운
이야기들…
음담패설에…

통화 내용은
아이가 충격을 받을 만한 내용이 많았다.

불륜녀와의 음담패설, 아내에 대한 험담,
아이에 대한 험담까지…

불륜녀한테 우리 딸 흉까지 봤더라고요….

딸래미 요즘
나이 좀 먹었다고
말 드럽게
안 듣네~

그렇다고
이쁜 것도 아니고
공부도 못하고
나중에 뭘로
밥벌이를 하려나~

깔깔깔 오빠는
자기 딸보고
왜 그래~

우리 미숙이처럼
이쁘고 말도
잘 들으면 얼마나
좋아~?

엄마… 아빠가
바람 피우고
있어….

정연아…

아빠가
그여자한테
엄마 흉보고
나도 흉봤어….

애가 울면서 오더니 이렇게 말하더군요…

아빠가
우리를 버리고
그여자한테
가면 어쩌지…?

그 여자랑
애를 낳으면
나보다 공부도
잘하고 이쁠까?

아이에게 너무 큰 상처가 된 거죠…. 평생
안 잊힐 텐데… 남편 절대 용서할 수 없어요….

이혼을 마음먹은 의뢰인은
번복 없이 소송을 진행했고

피고와 내연녀의
통화 내용으로 인해
자녀는 크나큰
고통을 받고 있고…

남편의 과실이 너무도 분명했기에
재판 결과는 이혼이었다.

재산분할, 양육권, 양육비 등 모든 문제는
재판을 통해 해결되었지만

아이는 이미 상처를 받을 대로 받아버렸고,
그 상처가 너무도 컸기에…
마음을 아프게 했던 사건이었다.

이번 의뢰인도
언젠가는 아이들이 사실을 알게 되겠지만,

아이들도 언젠간 알게 될 텐데… 그때를 대비해서 전문가에게 상담을 좀 받아보려구요.

저 무너지지 않을 거고 아이들 잘 키워낼 거예요.

다행히, 대비할 시간이 있다….

아아, 네…! 정말 좋은 생각이세요.

제 아이들. 구김없이… 밝고 건강하게 키워낼 거예요.

정말 최선을 다 해서… 상처받지 않게 할 거예요.

네. 꼭 그러실 수 있어요. 저도 믿어요.

이번 의뢰인도 재판 결과 이혼했고,
남편은 외도와 기만에 대한
죗값을 치르게 되었다.

후에, 아이들이 받을 상처가
곪고 덧나지 않고, 건강하게 극복되어 가기를…

이혼 전 상태 메세지

많은 사람들이 이혼소송을 외부에 알리고 싶어하지 않는다.

변호사님, 조용히 얼른 끝내고 싶습니다….

직장에 알려지기라도 하면 시끄럽고…

사람들 뒤에서 수군대는 것도 싫고요… 하아….

네에… 걱정이 되시는군요… 아무래도 신경이 쓰이지요….

법원에서 조만간 판결이 날 거예요. 조금만 힘내세요….

그럴 때마다 의뢰인을 위로하곤 한다.

하지만 사람 마음이라는 것이 괴로우면 어딘가에 말을 하고 싶어지고…

으음?

변호사 조인섭

SNS나, 메신저 상태메시지로
표현을 하곤 하는데…

상대방이 보란 듯이 도발을 하여
상태메시지를 통해 기싸움을 하기도 하고,

허무감을 표현하는 분도 계시고,

자기 심정을 나타내는 경우도 있다.

이혼을 하는 것은 괴롭고 힘들고
주변 사람들의 시선도 무섭지만

또 한편으론 자신을 표현하게 되는 것이
사람의 마음이 아닐까 싶다.

말과 행동이 다른 사람들

이혼 상담을 하다 보면
말과 행동이 다른 분들이 있다.

얼마 전 이삿짐센터를 통해
남편의 직장으로 짐을 잔뜩 보냈다….

이혼을 절대 안 할 거라는 이 분은

또 어떤 분은 이혼 안 할 거라고 하면서

아내에게 생활비는 주지 않았다.

어떤 사람은 이혼 안 할 거라고 하면서,
남편의 직장에 찾아가 행패를 부렸다.

어떤 사람은 이혼 안 할 거라고 하면서
형사고소를 했다.

최대한 사람들의 마음을
이해해보려고 노력하지만…
말과 행동이 너무나 다를 때엔
나도 참 힘이 들기도 한다….

비교 당하는 결혼 생활

아이가 태어난 지 벌써 일 년.

먼저 갈게!

왜 벌써 가~?

대리님 아기 보셔야 해요. 어서 들어가셔요~!

고마워~

모든 삶은 아이를 중심으로 돌아간다.

헤헤… 이쁘다….

어쩜 이렇게 이쁘냐….

아이의 육아를 위해 집도 친정 옆으로 이사했다.

띠띠띠띠-

아내는 거의 친정에서 지내게 되었다.

하루 종일 힘들게 일한 피로도 아이를 보면 풀어진다.

압빠!

압빠빠빠!! 아빠!

대단치도 않은 작은 회사에서 회식도 많네.

으휴…

내 딸 혼자 너무 고생하지 않는가.

요즘은 그걸 독박육아라고 하던가?

죄송합니다….

친정살이는 점점 힘들어졌어요.

첫째 사위는 개인병원을 하니 퇴근도 딱딱 잘하고 남한테 안 굽신거리고. 얼마나 좋아?

오늘은 또 뭐 때문에 이렇게 늦게 들어와?

아… 죄송해요… 야근이… 저녁밥 안 먹고 최대한 빨리 하고 왔어요….

꼭 공부 못하는 것들이 밤 샜다고 유세떨드니…

쯧…

별 볼 일 없는 회사가 야근은 엄청 해대는구만.

그렇~게 힘들게 일해도 아직도 전세금 갚고 있지?

둘째 사위는 이번에 아파트 장만했더만.

밥은 알아서 차려 먹게. 설마 내 딸한테 밥 차려 달라고 할 건 아니지?

아, 아닙니다…. 별로 생각이 없어서요….

그래. 뱃살도 좀 들어가고 좋지.

매일 매일, 하루도 빠짐없이
비교를 당하다 보니…
친정에 가는 게 두려워졌어요.

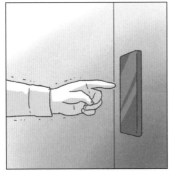

…하아….

트라우마가 되었는지, 몸이 막 떨리고…

결국 저는 용기를 내서
아내에게 제 마음을 털어놓기로 했어요.

여보…

응?

나… 하고 싶은
말이 있어서…

내가… 능력이
부족해서 미안해….
늘 미안하게
생각하고 있어….
그런데…

나 퇴근하기 전에
집에 와 있으면 안 될까?
계속 친정에 가야 하는 게
너무… 불편해서…

왜, 엄마가
다른 사위들
이야기해서
그래?

으, 으응…
듣고 있기가
너무 힘들어서…

저는 아내가 절 이해해줄 거라 생각했어요.
그런데 예상치 못한 대답이 돌아왔죠….

당신 참 괴씸하다.
우리 엄마가 애들 다 키워주는
은혜는 모르고…
이딴 소리나 하다니…?

원래 어른들
그런 말 많이 하시잖아.
듣는 사람이
한 귀로 잘 흘려야지.

그래서
저를 찾아오셨군요.
이혼에 대해서
마음은… 굳어지신
거지요?

아, 그,
그게 아니라…
여기 온 건
이혼하려고
온 게 아니구요.

…아내 쪽에서 먼저 이혼 통보를 했어요.

아이도 저에게 두고 가버렸고요….

며칠을 기다려도 아내가 돌아오지 않아서
아이와 함께 처가에 찾아가 봤는데

아이는 엄마를 보고 반가워서 손을 내미는데

아내는 아이를 외면했어요.

이혼을 막아낸 의뢰인은
감사 인사를 하고 떠났다.
하지만… 앞으로 잘 지낼 수 있을까,
마음 한 켠에 안타까운 심정이 남는
사건이었다….

임신부 의뢰인

변호사로 일하며 접하는 수많은 이야기들 중
유독 마음이 아픈 이야기들이 있다.

학대받는 아이들의 이야기이다.

의식주조차 해결하지 못하고
방치된 아이를 볼 때면…
무리해서라도 아이를 대피시키기도 했다.

그런 아이의 이야기만큼이나

마음을 아프게 하는 이야기가 있다.

배가 부른 모습으로 이곳을 찾는 분들이다.

후우… 후우…
안녕하세요….

…혼인신고는
안했고요,
식도 안 올렸고….

사실혼
관계로 살고
있었는데요….

이제 와서…
그만 살자고….

이렇게
아이도 가졌는데…
어떻게 그럴 수가 있냐고
했더니…

자기 아이인지
어떻게 아냐고…
다른 놈 자식일지도
모른다면서….

이런 경우에는,
아이가 태어나도 혼외자가 되어버린다.

으흑, 흑…
어떻게 하죠
변호사님….

이런 일들은 비슷한 형태로,
생각보다 많이 일어난다….

상대가 친자확인 후
호적에 올려준다고 나오면,

수북...

'인지청구소송'이라는 것까지 거쳐야
호적에 올릴 수 있다.

모든 걸 떠나서 아이를 가진 상태로
극심한 스트레스를 받게 되면

산모와 태아는 건강에
나쁜 영향을 받을 수 밖에 없다.

그렇게 태어난 아이들 중,
건강에 이상을 가진 아이들이 있었다.

아이구···
애기가···

피부병을 갖고
태어났구나···.

어떤 아이는 유난히 울고 보채고

애애앵!!!

으애앵!!!!
애앵!!!

어떤 아이는
큰 종양을 갖고 태어나기도 했다.

아이가 태어난 후

가족관계등록부

부 김 철 수

자 김 민 재

호적에는 올라갔더라도

아빠는 아내와 아이에게 관심이 없으므로

아이를 보러 오지도 않는 사람도 있었다.

…제가 법적으로 어떤 보호를 받으실 수 있는지 알려드릴게요.

이혼을 하시던, 안 하시던… 그에 맞는 법적인 절차가 있으니까요…. 최대한 도와드릴게요.

네, 감사합니다….

나는 변호사로서 최선을 다해 법적인 부분에 대해 설명을 드렸다.

설명을 하면서도, 이 상황 자체가 너무 스트레스가 되지는 않을까 마음이 좋지 않았다….

상담을 마치고 떠나는 의뢰인의 뒷모습은 정말 작고… 무거워 보였다….

시험관 아기

결혼 후 몇 년째,
우리 부부에게는 아기가 생기질 않았어요.

우리 부부는 아이를 원했어요.
특히 남편은 정말 간절히 아이를 원했죠.

계속되는 임신 실패에 우리 부부는
시험관아기를 생각했고,

회사를 하루 쉬고 함께 병원에 갔어요.

와, 여기구나…
엄청 크네….

그러게!
그만큼 하는
사람들이 많은
거겠지?

생각보다 할 게 많더라구요.
병원에도 자주 가야 하고, 각종 검사에…

배에다가요??

네~ 살짝
따끔해요~

히이익!!

배에다 주사도 맞아야 했구요.

난자를 채취하는 게 생각보다 힘들었어요.

후읍

후읍

후읍

마취 깨고서는 어쩌나 아프던지…

그렇게 병원을 다니며 회사생활을 이어갔죠.

선배님…
괜찮으세요?
아파보이세요….

응~ 요새 좀
과로했나봐….
괜찮아.

341

시험관 시술을 하면
금방 아기가 생길 줄 알았는데,

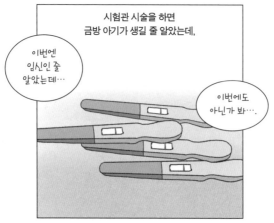

아기는 계속 생기지 않았어요.

결국 전 잘 다니던 회사도 그만두고
몸관리에만 집중했어요.

그렇게 정말 최선을 다 해 봤는데…

…하지만 결국 전 이렇게 여기 찾아오게 되어버렸네요….

많이 힘드시지요….

수년이 지나도 아이는 생기지 않았고

……

……

우리 부부는 서서히 멀어져갔어요.
어느 순간부터 대화도 하지 않게 되고…

남편은 사업 때문이라며 점점 귀가가 늦어졌어요.

남처럼 산 지 꽤 되었어요….
저희 부부 인연은 여기까지인 거 같아요.

이혼하는 거에는 불만 없어요. 그런데 참… 허무하네요….

잘 다니던 직장도 그만두고, 병원 드나들며 몸도 망가지고…

남편은 쭉 일해서 본인 위치 다졌는데… 나만 이렇게…

나만
모든 걸 잃은 것
같아요….

…다시 잘 지내볼
생각은 서로 전혀 없으신
건가요…?

네, 이혼할 거예요…
이혼하자고 어느 정도
말도 나왔고…

이 인연은
여기서 끝내는 게
맞는 것 같아요.

의뢰인은 그렇게
남편과 이혼을 진행했고,
결국 합의 이혼으로 마무리되었다.

누군가의 과실이나 이혼사유 없이,
인간의 힘으로 어쩔 수 없는 일로
이혼을 하게 된…
안타까운 사연이었다.

비록 지금은 허무하고 슬프더라도,
앞으로는 행복한 일이 많으시기를
간절히 기도했다.

결혼은 선택, 이혼은 결단

이혼 사건 소장을 작성할 때는 부부가 어떻게 처음 만났고 결혼에 이르게 되었는지부터 혼인 생활과 이혼을 결심하게 된 과정까지 모두 기술한다. 지인의 소개로 만나 부부의 연을 맺은 부부부터, 중매로 만나 몇 개월 만에 결혼한 부부도 있었으며 부모님이 선택한 조건 좋은 배우자와 결혼하거나, 결혼정보회사를 통한 결혼, 취미동호회나 나이트클럽, 채팅을 통해 만난 부부, 여행으로 맺어진 인연까지, 결혼 생활의 시작은 정말 다양했다. 사건 특성상 결혼식 사진을 보기도 하는데 사진 안에는 언제나 세상에 둘도 없이 행복한 사람들의 모습이 있었다. 그런 부부들도 여러 갈등을 겪다가 이혼을 선택하며 변호사 사무실을 찾아온다.

조건으로 맺어진 부부는 조건이 충족되지 않으면 갈등의 씨앗이 되었다. 집을 해오는 조건이었는데 상대방 배우자 명의로 집을 하지 않고 자기 명의로 집을 해 간다던가, 원하는 동네에 위치한 집이 아니라서 갈등이 생기는 경우도 있었다. 부모님이 선택한 배우자는 부모님의 눈밖에 벗어나면 이혼 대상이 되었다. 상대방을 잘 알지 못하고 결혼했다가 뜻밖의 모습을 접하고 이혼하기도 하고, 큰 사건이 없어도 작은 갈등이 겹겹이 쌓여 더 이상 풀어 나가기 어려운 경우, 성격 차이로도 이혼을 원했다. 요즘은 '행복하지 않은 결혼 생활'이라고 판단하면 더 늦어지기 전에 결혼 생활을 정리하려는 젊은 부부도 자주 본다. 나이 지긋한 부부도 남은 인생을 행복하게 살고자 졸혼이나 황혼이혼을 선택한다.

많은 이혼사건을 접하며 느낀 것은 사람들은 행복을 위해 결혼하고 이혼한다는 사실이다. 사람들이 외로움에서 벗어나고자 자신의 반쪽을 찾고 행복을 찾아 결혼하듯이 자신의 행복을 찾기 위해 이혼한다. 다만 결혼은 누구나 축복해주고, 이혼은 대부분의 사람들이 말린다. 이혼에 대한 세상 사람들의 부정적인 시선은 차치하고라도 이혼을 하면 재산을 나눠야 하기에 자산이 줄어들고, 전업주부로 생활했던 경우에는 생계전선으로 뛰어들어야 하며, 자녀들의 육아도 홀로 도맡아야 하는 등 쉽지 않은 현실에 직면하게 되기 때문이다. 그래서 결혼보다 이혼이 더 힘들다고 한다. 그 모든 것을 생각하고 이혼을 결심했을 의뢰인들을 대할 때마다 많은 생각이 스쳐간다.

결혼은 선택이지만 이혼은 결단이다. 큰 결단을 내리고 인생의 큰 발걸음을 내딛는 사람들. 그 발걸음이 행복을 향한 것이기에 곁에 있는 사람들이 그들의 선택을 지지하고 정신적인 버팀목이 되어주길 바란다. 누구나 행복할 수 있는 권리는 있는 것이니까 말이다.

결혼 생활의 수많은 순간들

삶을 살아가다 보면,
끊임없이 위기의 순간들이 찾아온다.

공부, 입시, 졸업, 취업….

인생의 위기가 올 때마다
사람들은 이렇게 생각하곤 한다.

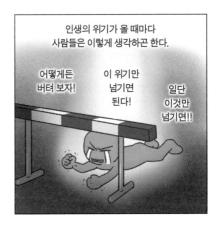

어떻게든
버텨 보자!

이 위기만
넘기면
된다!

일단
이것만
넘기면!!

아아~
취업했다!

이제 좀
편해지겠
구나!!

그리고 그 위기를 넘기면, 한동안은 어느 정도
안정된 시간을 보낼 수 있다.

결혼 생활도 삶과 마찬가지로
위기의 순간들이 계속 찾아온다.

끄으응… 결혼이
정말 쉽지가
않구나….

아고고
정말 너무
힘들다~!

요즘은 결혼식을 올리기 전부터
위기의 순간들이 찾아오기도 한다.

집 마련 문제, 혼수 문제,
예물, 예단, 결혼식장, 결혼 비용 등…

많은 커플들이
결혼을 준비하는 과정에서 싸우게 된다.

그 과정에서 꽤 많은 분들이
헤어지고, 파혼을 하는 등

식을 올리기도 전에 갈라서기도 한다.

결혼준비 단계의 위기를 넘긴 커플들은,
사람들이 축하 속에 혼인을 하게 된다.

그리고 첫번째 위기가 찾아온다.

아니 왜 양말을 이렇게 벗어 놓는 거야?

미안… 나도 모르게 또 그랬네….

몇 번을 말해야 듣냐!!

미안해….

더러워 죽겠네 진짜…꼬랑내 난다고! 빨래통에 좀 넣어 놔!

말이 너무 심한 거 아냐? 난 나중에 한 번에 주워서 넣거든?

그건 네 방식이고!

너도 네 방식만 말하잖아!!

사소한 것에서부터 다툼이 시작된다.

뭐야 이 구석의 양말들은…?

…내가 화낼까봐 구석에 몰아놓은 거야?

미안해… 세탁실까지 너무 가기 싫어서.

하지만 그런 사소한 다툼도
시간이 지나면 어느 정도 잦아들고

풉, 왜케 웃겨~!

헤헤, 미안해…. 너무 피곤해서…

지금 치울게….

응, 그냥 쉬어~ㅎㅎ

서로 이해하고, 익숙해지는
안정기가 찾아오게 된다.

그렇게 서로 보듬고 살아가다가 보면
또다른 위기가 다가오는데,

임신과 출산의 위기이다.

생전 처음 겪는 임신의 고통에 서로는 상처를 주고받게 되고

둘은 서로에 대한 실망과 깊은 고민에 빠진다.

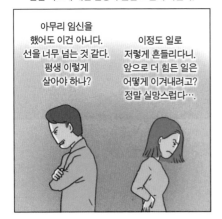

아무리 임신을
했어도 이건 아니다.
선을 너무 넘는 것 같다.
평생 이렇게
살아야 하나?

이정도 일로
저렇게 흔들리다니.
앞으로 더 힘든 일은
어떻게 이겨내려고?
정말 실망스럽다….

팍팍한 요즘의 현실 속에…
고비를 넘지 못하면 이혼을 결심하게 되고,
임신한 상태에서 이혼을 하고 갈라서기도 한다.

무사히 출산을 하게 되어도, 새로운 갈등들이 생겨난다.
산후 조리원 비용부터 시작하여

뭐야,
조리원 왜
이렇게 비싸?

뭐가 비싸.
이것도 중간 정도
가격으로 구한 거야.

집에서
잘 먹고 쉬면 되지
꼭 가야 해?

…나한테 쓰는
돈이 그렇게
아까워?!

독박육아를 하게 되는 분에게는
우울증이 찾아오기도 한다.

한 쪽의 부모님이 자녀를 키워주시는 경우엔
그로 인한 갈등이 생겨나기도 한다.

자녀가 초등학교에 들어간 이후엔
권태기를 맞은 부부들이

바람을 피워서 외도 문제로
사무실을 찾기도 찾기도 한다.

우리 애 다 크면…

수능 끝나고 대학 들어가고 나면 이혼할랍니다….

그러나 상담을 해 보면, 많은 분들이 아이가 성인이 될 때까지는 참고 살겠다는 결정을 내린다.

그 이외에도 경제적 문제로 인한 갈등 이사 문제로 생긴 다툼, 좁혀질 수 없는 성격 차이 등 쉽지 않은 문제들이 살아가면서 계속 벌어진다.

그 시기들을 잘 넘기며 살다 보면, 인생의 노년으로 접어들게 된다.

반찬이 왜 이렇게 부실해?!

하루종일 집에만 있지 말고 좀 나가서 밥도 좀 먹고 와!

뭣…평생을 일해서 먹여 살렸더니!!

은퇴한 남편이 집에 있게 되면서 갈등이 잦아지고,

하루라도 마음 편히 살고 싶다는 생각에 이혼 사무실을 두드리게 된다.

평생을 참고 살았는데 이제 더 이상은 못 참겠어요!!

내가 무슨 밥 하는 기계야?!

이제라도 이혼 할랍니다!

황혼이혼, 졸혼을 하기 위해서 말이다.

이혼 변호사로 일하며
수많은 사례를 접하며 느낀 것은,
혼인 생활의 위기는 끝이 없다는 것이다.

결혼식을 올린 날부터, 삶이 다하는 날까지….

이런 위기를 넘길 수 있는 힘은
서로에 대한 배려와, 믿음 두 가지이다.

어느 한쪽만이 희생하는 관계가 아닌
서로가 배려하고 믿음을 주고받는 관계가 된다면
힘든 위기의 순간도 이겨낼 수 있지 않을까….

이제 나를 위해 헤어져요

초판 1쇄 인쇄 2020년 3월 13일
초판 1쇄 발행 2020년 3월 23일

지은이 조인섭 그린이 박은선
펴낸이 연준혁

편집 1본부 본부장 배민수
편집 1부서 부서장 한수미
책임편집 방호준 디자인 윤정아

펴낸곳 (주)위즈덤하우스 미디어그룹 출판등록 2000년 5월 23일 제13-1071호
주소 경기도 고양시 일산동구 정발산로 43-20 센트럴프라자 6층
전화 031)936-4000 팩스 031)903-3893 홈페이지 www.wisdomhouse.co.kr

ISBN 979-11-90630-79-5 03810
값 15,000원

이 도서의 국립중앙도서관 출판예정도서목록(CIP)은 서지정보유통지원시스템 홈
페이지(http://seoji.nl.go.kr)와 국가자료공동목록시스템(http://www.nl.go.kr/
kolisnet)에서 이용하실 수 있습니다. (CIP 제어번호: CIP2020009772)